时间看得见

罗小金 著

南方日报出版社
NANFANG DAILY PRESS
中国·广州

图书在版编目（CIP）数据
时间看得见/罗小金 著.—广州：南方日报出版社，2017.9
ISBN 978-7-5491-1498-6

Ⅰ.①时… Ⅱ.①罗… Ⅲ.①随笔-作品集-中国-当代 Ⅳ.1267.1

中国版本图书馆CIP数据核字（2017）第014069号

时间看得见
SHIJIAN KANDEJIAN

著　　者：罗小金
出版发行：广东南方日报出版社有限公司
地　　址：广州市广州大道中289号
经　　销：全国新华书店
印　　刷：广州市岭美彩印有限公司
开　　本：787mm × 1092mm 1/16
印　　张：14.75
字　　数：135千字
版　　次：2017年9月第1版
印　　次：2017年9月第1次印刷
定　　价：45.00元
投稿热线：（020）87373998-8503
读者热线：（020）87373998-8502
网　　址：http://www.nanfangdaily.com.cn/press
http://www.sourhcn.com/ebook

National

谨以此献给和我一样出身平凡，

但同时拥有灿烂梦想的你们……

Jin.

FEIYUE

自 序

安静地长大

这些年一直在写，今年花一些时间把这些文字整理出来，也算是在坚定不移的步伐中给自己一份礼物。

小时候其中一个梦想是当个作家，现在看来只能当个写者。有了公众号才发现，各类能写会写的大仙实在太多了，世界之大，我却不知其折或远。

秉承小时文科好，语文成绩常常名列前茅。对文字很敏感也很喜欢，大约是因为家里有个乡村教师妈妈。

妈妈姓隆，大家都亲切地叫她隆老师、隆姐。

印象中的小时候，隆老师骑着自行车去镇上赶集，我坐在后座上，她一边蹬车一边教我口述作文："给爸爸的一封信：爸爸你好，你最近身体好吗？工作忙吗？"

我坐在自行车的后座上，像只乖巧的小兔子，也跟着念："我和妈妈很想你，我们下周去看你，你要注意好身体，不要太忙碌……"实在念不下去了，她又一个字一个字地教我把这封家信编下去。

整个小学读得很轻松，因为在隆老师的教导下我大概在八岁前就把大部分的汉字认全了。

她抓住一切机会教我认字，平时和她走在小镇上，她会指着那些商店招牌上的字，一个一个地教我认。

那个年代，店招上出现最多的字就是“金”，我问母亲“金”是什么?

她回答：“金是一种柔软、坚硬而不易折断的物质，它很贵重，大家都很喜欢它。你应该像金一样。”

这大概就是我名字的来历。一度，我觉得这个字很俗，想改名。隆老师狠狠地瞪我一眼：“俗人才把‘金’看成‘钱’的意思，刚极易折，柔极人欺，是以惟有，有刚有柔，亦刚亦柔方能成事，金是最好的物质。”

在物质匮乏的80年代，大人们每月的工资加起来才一两百元。在我六岁那年，在镇上的新华书店，他们花60元给我买了一套《怎样写日记》的书，那套书共有十本，《怎样写动物类的日记》《怎样写植物类的日记》……那个年代课外书太少，我把这套书从头到尾都快啃烂了，也没迎来第二套好看的书。没有课外书看的时候，就把《新华字典》拿出来翻几遍，好辛酸，一个孩子的阅读欲刚被激起，又被扑灭。

“别看一些乱七八糟的书，读课文，迎接考试。”家长永远这句话。于是，我又开始啃语文课本，数学书扔一边，看着数字脑子都一团麻。

哪里搜到一本类似于《故事会》《故事大王》这样的杂志，如获至宝，躲在被窝里打着手电筒连夜也要把它看完。想想那时的品味堪忧。

当年的《故事会》到底写的一些什么故事，我忘了。仿佛记得那是成人的世界，纷争与圆满交织，没有辨别能力的小孩就随着波澜起伏的故事情节抹眼泪，还津津有味。

隆老师从我七岁教我写日记，每天写一篇。她觉得还不够，总是提前借来很多未学的课本，让我预习。所以，我也没有寒暑假，假期里基本上三年级就学完了四年级的课文，四年级就把五年级的课本连课后题都做了。

现在回想起我的童年，但似乎又没有童年，整个童年都在家人的“压制”下学习。

隆老师常给我上危机课程：“你说你一个女孩子，不好好读书，弱不禁风，长大后又不能像男孩子一样干体力活；女孩出门打工也危险，没有一份好的工作，走不出这个小地方，那么就一辈子呆在这里。没有人看得上你，你有可能嫁到农村，面朝黄土背朝天，种田种地，一年四季都穿不了一件干净的衣服。”

得不到肯定自然就不说了，还天天被打击。但事实上，她小时候说的那些糟糕的事情长大后一件都没发生。

绑架在僵化旧有的价值观里，不如去远方看看。

因此，如果你此刻正在经历窘迫，不必想象得那么悲观，把自己变美好了，后来的一切都是蝴蝶效应。

回想那时，每天都被她这样“恐吓”，每天一上饭桌，都听她讲着各种学习好与不好的例子，饭吃得很辛苦。

比如，她有一个学生成绩很好，考上了军校，在新疆当官，大展宏图，每次回家都是衣锦还乡。

又比如聚美陈欧的妈妈，是她的初中同学，也是她教育我的范本。“我的同学XX，小时候家里穷，八个兄弟姐妹，就她读书认真，凭自己的努力走上了仕途，最后进了市委大院……”喳喳喳喳，没完没了呀。

这两个故事，我从八岁听到十八岁，倒背如流。因此，现在吃饭的时候，如果有人给我讲悲惨的故事，我食欲一下就没有了……

当然，也不能怪家庭。那时整个时代就那样，比较灰色。我们很少得到父母的肯定，只有埋头苦干。

长期生活在这种“悲观式”的教育氛围里，很压抑。就像高晓松同志说的：“我在童年仿佛就进入了更年期。”

他说的可能是境界，而我面临的是扎扎实实的生活。

于是我常常逃脱到我自己营造的世界里，那就是我的“大脑”，我想象一切都很美好总可以吧？常常做些美好的白日梦，血液自带一点点乐观精神。

因此，长大后，我那么喜欢笑，也拒绝一切悲观的事物，真的，我只想看见这个世界的美好。

不美好的事物，第一不碰，第二屏蔽。

我相信蝴蝶效应，相信微笑是美好的开始。

我一直不是一个外向的女孩，参加聚会是对这个世界好奇，想了解更多的事物，想向优秀的人学习。觉得想走出去，看得多了，才能更好地成长。

我带着开放的心和这个世界做朋友，只有这一点有外向的迹象。大部分时候，我喜欢安静地听别人说。

小时候上课特别喜欢站起来回答问题（也仅限语文课），尤其喜欢上作文课，因为知道，一般我的作文都会成为范文，老师会让我上台朗读。老师说我写的文章是动了感情的，特别真实。

后来我想一般在现实生活中过得比较悲惨的，那文字出来确实是血淋淋的真实呀……

不管怎样，我带着愉悦的心情回忆我的童年。因此敲字的此刻，我也不想太多压抑的文字出现。

那时也有容光焕发的时候，一般在学校。好朋友羡慕我，说我写篇文章跟马路上的洒水车洒水一样，十分钟就把两页的格子塞满了。

我的同桌是个小胖子，他老问我：“小金，怎么写作文啊？你帮我写可以吗？我给你钱。”My god，那时就有活生生的交易了呀。

像我这样爱面子而纯真的人怎么会收同桌那几分几毛几块呢？

我想帮他，但不知道怎么帮。于是我回到家，仗义地把母亲平时布置我写的日记原封不动地给了他，他改改日期名称之后，就成了他自己的日记。“我家有只大公鸡”，他家也有了只大公鸡；“我妈是小学语文老师”，他就改成“我妈是供销社的销售员”。居然也混过去了。小时候他爸爸在修公路，感觉就像现在的地产商一样，一夜暴富。他越来越不喜欢上学，常常逃课，于是小学毕业就被他爸拉到工地上当监工去了。

几年前在小镇上碰到他，有些惊讶，当年的小胖子瘦身成功，体型中等。我问：“还在为家乡人民修路吗？”

他有些不自信：“现在不好拿项目了，竞争多了。所以转行卖建材啦。”在他凌乱的发型和暗淡的目光中，我心里表示深深的歉意，当年不应该给他抄作业的。或许他会有更好的出路。但那时我们都是孩子，没什么分辨能力。不帮同学就要被说成不仗义。

感觉他被困在小镇出不去，又迈不开。

八九十年代的小镇，家庭教育出现两极分化。要么认为读书是唯一的出路，要么压根不管孩子的学习。随着改革开放，很多家长“下海”做生意，收获颇丰，有的也顾不上管孩子了。

我在灰色的日子和家人抽打式的教育下长大，因此后来有了快进式的人生。

成年后就和生活拼得很厉害，每天都疯狂地往前跑，感觉前面有鲜花和希望。我大约不到二十岁进媒体干活，二十一岁还是个大二的学生，有几块钱的积蓄，就开始买房；二十二岁当上了采访组组长，管理着二十多名记者，据说是当地收视率最高节目的“一姐”或者“二姐”；二十三岁，在朋友们的影响下有了理财意识，逐渐实现财务自由，后来有机会到世界各地去游学。

我并不想把这些猴年马月的事情拿出来晒，但这是第一本书，就当作个简介吧。

一路前行的过程中，当然我也有我的痛、不快乐、缺失。但此刻，已经不重要了。

世界已经发生了八千万次变化，这本书就讲述那些八千万次变化，以及过去三十年里我能想得起的那些时刻。

一路，周遭全是花草石树，云水潮风，此刻坐在家中望着窗外浩瀚无边的大海，体会这一刻，时光不应答，生命不喧嚣。

人生的有些道理，都藏在岁月的针脚里。然而时间都看得见。

目录
Contents

关于工作　当我和世界不一样

关于生活　我们的存在

FEIYUE

SHIJIANKANDEJIAN

关于年少

时光书

琐忆

一个夏日的午后，短暂的宁静，我呆呆地坐在树枝上，看远山，傻傻地幻想。“梦想开飞机，跟狂风赛跑，在云堆里穿梭，飞越彩虹，追逐夕阳，在天上看星星，环绕地球一百零一圈……”

川北小镇与绵延的大山，我的童年就在这两种场景中切换。读书的时候在小镇，节假日又跟着父母大包小包提着物品去看住在乡下的奶奶、外婆及亲戚。

从小我就爱做梦，在宁静的乡村，在古老的小镇，我一有空就蹲在那做白日梦，未来我将去哪里，做什么。童年大概留了很多空白，让我去想象这些事情。

我幻想当科学家、老师、空姐、商店营业员，幻想有白马王子，夜里的梦常感觉有翅膀可以飞……

一个并没有多少课外书可以看的时代，在一个小孩的脑子里，无拘无束、琳琅满目、丰满沉溺，不暗淡很闪耀。

成年后，我就真的是按照我的白日梦去生活的，肆意生长。

脑子里总有两个画面。

暑期，有几日是在乡下的外婆家，白天人们下地劳作。到了傍晚，村里的人们开始歇息。有的端着饭碗，有的拿着蒲叶扇，来到椏头上纳凉、拉家常。椏头是村里可以俯瞰到对面马路、学校和村委会的有利地形，有山口的风吹过来。

那时还不流行外出打工，村里的人还很多，热热闹闹，勤勤恳恳，传统式农民。我们席地而坐，离土壤很近。到了晚上8点多钟，天上的星星开始眨眼……

如果在小镇，大人们每晚也有纳凉放松的时刻。那时最期盼全镇一片漆黑都停电，这样我就不用窝在房间里写作业了，可以和大人们一起在院子里乘凉，望着天空数星星，做白日梦，幻想有一天是否可以到它们的世界里去看一看……

质朴、简单、清新、毫无雕饰，像一幅画，根深蒂固地烙在了我的心里，一生享用。内心葆有的淳朴和童心，那或许是故乡给我的礼物。

看着天空中的一颗星星，不要把它当作遥不可及之物，而视为有一天你将造访的星球。天空不只在我们头顶，它一直延伸至大地。每当我们从地上抬起脚，我们就走在天空中。

如果你正巧经过那个千年古镇，我想她，请替我吻她……

送礼

镇中心幼儿园是当时远近闻名的优质幼儿园，小孩多，幼儿园却只有一个。那时也没有其他私立幼儿园，小孩只能排队等名额，好多孩子到了五六岁，都没有幼儿园上，就闲在家里，等到七岁时实在不行了就直接上小学。

我在三岁半时，如约上了镇中心幼儿园的小班。

当时，妈妈总是在我面前唠叨："你要好好地读这个幼儿园，你的户口不在这里，你能读是因为我们找了关系。过年我给你们园长送肉都送了好几十斤，全是最好的瘦肉。"

80年代，虽然买肉不再需要肉票的政策刚放开，但猪肉也绝对算是个好东西。所以，后来我每次看到胖胖的园长，都会产生一点联想。

读小学了，隆姐（My mother）又跟我嘀咕："你要好好读这个小学，你本来不能读的，你户口不在这儿，我们又去给你班主任唐老师送了礼。"

记得临近年前，在一个月黑风高的晚上，隆姐一手拉着我，一手提着年货，悄悄溜进了唐老师的宿舍:“唐老师，您好，本来呢小金的户口不在这里，按照规定是读不了中心小学的，多亏您收了她啊，给您准备了一点年货，提前给您拜年”。

唐老师笑了笑，顺势把我们迎进了屋里：“哪里哪里，你女儿斯文上进，是个好学生，我没有收错她。”

小小的我站在一边，尴尬地笑了笑。因为没有本地户口，是个外地插班生，连小学师生关系，都被家长弄得这么“不纯洁”。

我读小学时，并不是一个胆大的女孩，在校园里遇见老师有些紧张，能躲就躲。唐老师还挺关照我的，她的语文课上，老是叫我起来回答问题，永远笑脸盈盈。

倒是我的数学老师，是个小老太太，她姓罗。起初以为天下同姓一家人，特别亲切，后来发现是我想多了。

她很严厉，上课除了带书本外，一把木尺子是少不了的。

每天进教室的第一件事，就是抽查乘法口诀，背不上来的，就用尺子打同学的手掌心。因为打手最安全，出不了人命，也打不残。

有一次，我背错了，也没有幸免于难，她瞪圆眼睛，很严厉地说，“把手伸出来！”然后用她的木尺子，使劲抽了我手掌三下，于是手心里顿时出现三条红印，当着全班同学的面，我又痛又没面子，毕竟是个班干部。

那天回到家里，我问妈妈：“你给罗老师送礼了吗？”她嘀咕着：“没送，她是数学老师，又不是班主任，管不了事。我没有那么多钱，给你的每个老师都送礼！”

礼尚往来古来有之，不过我小时候遭遇的找关系走后门送礼，似乎是历史的产物。后来，通过考试制度，家里终于不用再为我这个外地户口送礼了！

少年国王·我的童年伙伴

前段时间，做了一个梦，梦里似乎我站在马路边，剑娃子开着他的大货车咣咣当当来了，冲我大声吼："搭车吗，老罗？"车子上好像还坐着他的妻儿。

我从梦中笑醒。

剑娃子是我的邻居，儿时的玩伴，还是同班同学。

1

川北的一个小镇上，青石板路，木头房子。一下雨，满脚都是泥泞。

母亲天天在我耳边念叨："你要走出这里，走向世界。"我迷迷糊糊，那时并不知道哪里才是世界。

望女成凤，我的童年在母亲的管教下过得有点辛苦。基本上都在看书做作业和做家务活，一片凄凉呀。

不过我却总会趁着母亲离家去C城办事时，和邻居剑娃子偷着玩会儿。

有一天，剑娃子说要教我骑自行车。那年我九岁，他也九岁。

他自己学会才不过两周，却忙不及地要展示给我看，要教我！

“自行车是这个时代必备的交通工具，要学会！”他像个大人似的跟我说。

于是他扶住后座，让我爬上那辆二八式飞鸽自行车。

一个九岁的小不点，跨着车梁，两条小短腿刚刚能触及脚踏板，内心是恐惧的。

剑娃子抓住后座，使劲安慰我：“不要怕，胆子要大，只要肯上路，慢慢就会了！”

我在惶恐中使劲往前蹬，就这样来回摇摇晃晃、绕着院子蹬了好几圈。每天都练。有一天，剑娃子突然放手了，我骑着自行车飞奔出去，人和车都没倒地，好像这就学会了。

体验到了“驾驶”的快感，于是一有空，躲着大人，我们就在院子里骑自行车玩。但是没过多久，那辆自行车就被它的主人——一位叔叔骑走了。

我坐在那儿叹气，对剑娃子说：“哎呀，我好想有一辆自行车啊。”

剑娃子头一扭，说：“我才不稀罕自行车呢，我要开大货车！”

他们家那时确实有辆大货车，是他爸爸在开。剑娃子耳朵很灵，每次听见货车的喇叭声，他就说："我爸爸回来了！"于是飞奔出去，去接他爸爸。

我问剑娃子，街上那么多货车，你怎么就能听出是你爸爸的车回来了？

"我自家的车天天听，我还听不出来啊？"他一脸骄傲。

20世纪90年代初期的小镇上，一个家庭里有一辆大货车在搞运输，也算是有个大件自主经营，下海了生活改善了，也是一件值得炫耀的事情。

记忆中我坐在家里的窗下，常能看见剑娃子瘦削的身体扛着巨大的货车轮胎，哼着歌，趾高气昂地往家跑。

我问："剑娃子，你爸爸回来了啊？"

他回答："是啊。"然后跑到我的窗下，扔给我一颗大大泡泡糖。

我就知道，他主动蹦哧蹦哧跑去给他爸爸打下手，他爸给他"劳务费"了。

2

剑娃子有三个姐姐，加上他母亲，家里四个女人。小时候他似乎总被这四个女人给"管制"着。每到周末，我坐在家里写作业，耳边总不会清静。"剑娃子快去买个灯泡""剑娃子，给我称半斤瓜子回来""剑娃子，给我买瓶洁尔阴回来……"

一听到姐姐们的呼喊，他立马接过钱，瘦削的身影出现在院子大门口，我在自家的窗下看着想笑。他学着电视里超人的姿势，张开双臂，仿佛自己长了一对翅膀，嘴里还念着：起飞，嘣……

嗖的一下就从我的视野里消失了。

回来时，在院子门口，他又嗖的一下："安全！降落！"翅膀（胳膊）瞬间合了起来，双手恭恭敬敬地把买来的东西交到姐姐们的手上。

这时，三个已经成年的姐姐在陪母亲打麻将，抓过剑娃子买回来的东西，头也不抬，接着码牌，一切早已习以为常。

按理说，剑娃子是家里唯一的男孩，应该很受宠，然而在他们家，是女王的天下。我们那个年代的孩子，大人的话就是圣旨，四个女人轮流喊他，他有跑不完的腿，我有写不完的作业。但是我好羡慕他，可以趁机在街上逛两圈。

他似乎也很情愿被家人使唤，态度很好，只是一直不怎么爱学习。

读小学五年级的时候，有一次学校放农忙假，农村的孩子就帮父母下田去了，不用做作业。住在镇上的孩子，则领了一堆作业回家。

那个假期，我苦苦写了几个作业本啊。等到开学那天，几个作业本全找不到了。

作为一个老师平常眼中的乖学生，交不上作业，感觉比天塌下来还要可怕。我急得快哭了，对老师说："老师，我真的是做了作业的，不知道作业本跑哪儿去了。”

老师也很诧异，因为我没有拖欠作业的历史。不过最后，老师帮我把作业本找到了。

作业本是剑娃子拿走的。

原来剑娃子把本子上我的名字全部改成他的，就直接交给了老师。老师说：“剑娃子，你好天真哦，这一看就是女生写的字！”

场面很是尴尬，剑娃子怎么把我作业本偷拿过去的，我也不知道，也没问他。

他也没有跟我解释什么，只是跑过来低着头悄悄叮嘱了一句：“不要告诉我家里人！”

我诚恳地点了点头：“不会，他们大人是一伙的，我们小孩是一伙的，机密不泄露。”

这件事也丝毫没有影响我们的友谊，好像什么事情都没有发生过一样。剑娃子继续带我玩，作为男人，他老在我面前逞强，后来说自己学了特异功能。我居然也信了。

3

剑娃子的特异功能叫“轻功”。

院子里那二十多级的青石台阶，我们一般都是一步一步走下去。但剑娃子每次都模仿电视武侠片里大侠的轻功，嗖的一下，一步就跳下来了，竟也毫发无损。那时他才十岁。弹力很好，适合去当运动员。

他有时在屋顶上和我打招呼，有时在院子里的那棵大树上，总之，在我印象中，他学着电视里的那些武侠高人，在屋顶上飞来飞去，仿佛以此来吸引我们的目光。

有一天，他说："小罗，我们翻到院子围墙外去玩儿吧！"

我欣然答应。早就想知道围墙外有些什么东西了。

院子里的围墙大概有两个大人重叠起来那么高，我老是翻不过，他就让我踩到他身上，把他身上踩得全是泥，他也不嫌脏。

一番折腾后，我终于翻过了围墙，落地时，摔了一个大跟头，手臂上全是擦伤，竟然一点感觉不到疼，一看围墙外不过是几块菜地，但还很是兴奋地问剑娃子："我们翻过来做啥子嘛？"

他说："练轻功，好耍。"

我跟在他屁股后面转了几圈，然后跟着他在围墙外的地里偷了几根丝瓜，又翻了回去。我们一人分了一半，说是拿回家煮面吃。

现在看起来的芝麻小事，对儿时的我来说，却神秘有趣，带着天然的好奇心，跨过了那座围墙，就好像为自己开启了一个新世界。

剑娃子虽然学习成绩不如我，但生活知识丰富。儿时我对周围世界的探索，很多都是在他的带领下完成的。

有一天，他跟我说："小罗，我们把吃剩的这几段甘蔗埋在院子里，明年就能长出新的来了。"于是我们埋了几段甘蔗在院子里。

果然，第二年，那里长了几根新甘蔗，比我还高。实践成功，我们很兴奋，剑娃子拿起菜刀，砍下几段就给我。他说，这个根还可以埋在这儿，明年还会长。于是，我们真的年年都可以吃院子里的甘蔗了。

那时候，院子里还种了很多其他东西，有空心菜、丝瓜、冬瓜、小葱，还有一棵樱桃树。每次下雨过后，所有蔬菜一阵疯长，大人们常说："哎呀，长太快，吃不过来了，空心菜。"

那个年代的生活现在想来很饱满，有院子，有邻居，院子里有自己种的菜，养的鸡鸭；邻居互相串门，隔壁发生一点事儿，气味都能闻到。

很多年后，在C城遇到我和剑娃子共同的邻居苹果。我突然想起在小学毕业时，苹果问我的一个问题，她说："你整天都和剑娃子在一起玩，你喜欢他吗？"

我立马回答她："我才不喜欢他呢，他学习那么差。妈妈告诉我，长大后要嫁给大学生。"

苹果却淡淡地说："我喜欢他，我觉得他很善良，对人好，长得也挺帅的。"

我说那你去嫁给他吧，苹果有些自卑："他家庭条件好，我家里一般，估计他家人不会同意。"

一个小镇上也要讲究门当户对，《故事会》上说的要嫁给爱情呢？

苹果高中毕业后在镇上相亲均失败，很受挫。于是发愤图强重读，最后在市里谋得一公职，相亲的路就顺畅了很多。

留在我记忆中的种种，都是童真的片段。后来长大了，我离开小镇出去读书，再隐约听到“剑娃子”这三个字，是从我母亲口里。她说剑娃子高中毕业后就回家和他爸爸搞货运，在镇上最繁华的地段修了楼房，现在都结婚生子当爸爸了。

怎奈何似水流年，童年，再见时已不是从前的模样。

我十五岁那年离开故乡，
然后，
就一直走……

飘羽之重·少年时代的“婚外情”

小学教语文的李老师很美，瓜子脸，下巴尖尖的，人很瘦，中等个子。每天来上课，都描了眉，涂了口红，穿着职业套装，踩着小高跟鞋，知性美丽，一切都恰到好处。在小镇，这样精致的女性很少见。

我常常在课堂上看着这位美女发呆，心想，等我长大了，我也要买这些漂亮的裙子和高跟鞋，也要打扮得像她这么耐看，甚至也要当一名语文老师。

我的同学陈爽不喜欢李老师，有一天她对我说：“李老师下巴太尖了，脸上又没肉，等她老了肯定很丑，是个枯萎的老太太。”

我居然又对着李老师的脸看了半天，心想她以后真的会变丑吗？现在想来，当时的李老师就是这个时代流行的典型360°无死角的瓜子脸呀。

那个年代的校园啊，寂寞得也有很多八卦，我们才读五年级，十一岁的孩子，也熟得快。有一天有位同学悄悄告诉我：“李老师是有老公的，刘校长是有老婆的，可是他们两个人悄悄在一起了。”

这条轰炸式的新闻不知道是从哪里传出来的。

当时全校最美的老师是李老师，而集权力与帅气于一身的男人，那就是刘校长了。两人站在一起，简直是天作之合。

他们常常也有一些互动，比如在每周一的学校大会上，刘校长讲完话，一般就是李老师发言了。

李老师在学校很风光，年年都是“优秀老师奖”获得者。经常看见她和校长有说有笑，毫不避讳，相互出入对方宿舍。那时条件简陋，办公室和宿舍是连在一起的，这就更让人浮想联翩了。

陈爽同学语文成绩不好，李老师经常骂她，所以每天上学放学路上，陈爽就适时给我传播各种小道消息。“刘校长的老婆那么土，刘校长肯定喜欢李老师了，要不然他俩走那么近？李老师的丈夫只是一名普通老师，又是个胖子，也没有什么权力，李老师肯定也喜欢刘校长了。”

仿佛在学校所有人眼中，李老师和刘校长就是天设的一对。改革开放的浪潮刚刚袭来，在西南地区一个小城镇的平静校园里，居然也有这么狗血与八卦的事情。

不久，李老师就节节高升，当上了教导主任，不再给我们上课了。顿时，大家就更确定是刘校长提携了她。

有一天，在学校门口的小卖部，我低着头选零食，听见学校的两个老师站在一旁拉家常，“她教书教得根本就一般，就是靠长得漂亮，他们两个人肯定在一起了。人家老婆以前每周都要过来，现在都生气不来了。”

那段时间，整个校园里都弥散着校长的桃色新闻。有几次我在学校碰到李老师，恭恭敬敬地叫着她“李老师好”，但她脸上明显带着一丝防备和谨慎。

过了不久，李老师离开了校园，调到镇上一家企业去做总经理了。再后来，李老师又离开小镇，去了县城工作。在舆论的压力下，校长的仕途也走得磕磕绊绊。

虽然不知道事情的真假，但这次事件是我第一次接触到成人的世界，隐约觉得不是那么光彩的事件。

后来，镇上好多人都知道了，还有邻居问我：“你说，你们李老师是不是靠美色节节高升当了官？”我一个小孩该怎么回答呢？

舆论是那么可怕。在狭小的空间里，“非法的”男女之情会被所有人架在道德层面来声讨。社会对女人似乎更苛刻。长得漂亮，所有的努力被轻视；没有什么隐私权，好奇群众一直在，感情事件的发生，对女人的伤害一般会加倍。

因为少年时代接触到的“不应该”的恋情，在闭塞的没有什么娱乐活动的小镇，人们以此津津乐道，并以光速传播，给当事人带来了不小的压力。

若干年后，回老家探亲在县城偶遇李老师，40多岁的她素面朝天，没了当年的风姿，也不再涂精致的口红，倒像是一个匆匆忙忙的生意人。她轻描淡写地说：“我早就不教书了，自己做些生意，全家都搬过来了，好多年没回镇上了”。

听说校长后来也离开了学校，离开了小镇。他们各自还在旧有的家庭里生活着，曾经的风雨也在时光的流逝中渐渐消散。

随着阅历的积累，渐渐了解了人性，逐渐明白，所有故事和情感都近似，只是细节略有出入。日光之下，并无新事。任何情感，无须好奇，每个人身上碾过的规则和秩序，最终大同小异。

纯真年代·笔友

20世纪90年代，电话还不普及，那时流行写信，写信的对象，俗称笔友。

小学五年级时，不知道从哪儿捡来一本杂志，叫《阳光少年》。我看见上面在征稿，于是自己也试着洋洋洒洒地写了一篇，取了一个梦幻的题目，叫《我的理想在蓝天》，具体写的什么我记不起来了，还按照要求寄了张自己的照片过去，把自己的学校、姓名、班级、详细地址也一并写了过去，好像生怕别人不知道。

没过多久，我开始收到好多陌生小朋友的来信。他们说看了我的文章很受鼓舞，说他们的理想也在蓝天！我其实都没看到自己的文章在那本杂志里的模样，但我很欣喜若狂地开始给小朋友们回信。但渐渐地，我就回不起了，因为一个信封一毛，邮票五毛，那时我一周的零花钱才五块。

后来，我转学了，还有小朋友陆陆续续写信来，我的好朋友陈玫瑰还在原来的学校，信来了，她就帮我收着。她说她帮我回，回着回着，她就开始和那些笔友热络起来，尤其是和县中学一个男生往来信件特别频繁，还悄悄告诉我，想去见那个男生。

不过，玫瑰还是留个了心眼，怕那人长得不好看，就让他先寄了一张照片过来。

等那位男生把照片寄过来，从此，玫瑰再也不给人家回信了，再也不交笔友了。

“长得不好看，个子也不高，看起来有点土。”玫瑰很受伤地说，感觉那些信都白写了。

我们那时，喜欢帅哥和学习成绩好的。

那时还没有“富二代”“官二代”这些词语，顶多就是他家挺富裕的。

那时，没有网络，镇上的邮局是最热闹的地方，每天都有很多人在那里排队取信、收包裹。能收到远方来的信，说明有人牵挂你。

初中一年级，我突然收到一封陌生的来信。

来信这样写：“你可能不知道我是谁，我叫向远，在县中读高一。上周我回初中母校，看见你在我原来常玩的乒乓球台前打球，觉得你很特别。后来，总是想起你束着马尾巴朝气蓬勃的样子，便打听了你的名字，这是我第一次对一个女生这么在意。”

后来，大约每周都可以收到他给我写的信，每一个字都很真挚。我有些不知所措，但同时也有一些窃喜，好像是少女怀春，也好像男生的爱慕是对自我的肯定。

感觉他很闲，给我写了十几封信，但从未寄过自己的照片，我完全不知道一个什么样的人在远方。都说字如其人，他的字并不好看，字体瘦瘦小小的，歪歪倒倒，所以我猜，他应该是个瘦个子的男生。字写成这样，学习成绩应该也不会太好。

我没有回信，担心对方误会，把我的回复当作接受这份表白。

当时，这些信需要经过班主任老师的手才能到我这里，那个年代，除了学习这件事，其他的事情做多了都是开小差的行为。所以有一天，班主任老师对我说："你一个学生，有那么多事情需要与外界联系的吗？这么多信。"我只好对他撒谎，说是我外地的亲戚写给我的。

拿到这些信时，我会悄悄找个角落躲起来，生怕被老师同学发现。当看到那个"爱"字的时候，心跳加速。情窦初开，有种看多了"爱"字都会怀孕的感觉。

陌生的男孩仍然孜孜不倦地给我写信，一直写到快寒假时，一个高高瘦瘦的男生突然出现在我的面前，说："小金，我就是给你写信的那位。"

我怔住了，呆站在原地，没想到信里的人这么快就落地了。

信里他长篇大论，可此时他站在我面前，也有些不自在。

他穿着一件当时很流行的灰夹克、崭新的裤子，和他稚气的脸有些不相符，好像是把爸爸的新衣服偷偷穿出来"约会"。

他提出："我们去操场上走走吧。"

我犹豫不定。怕被老师和同学发现和外校陌生男子来往，但又不好意思拒绝，于是就呆站在原地。

就在这时，班上一帮女同学朝这边走来，我担心她们打小报告或八卦，就紧张地说了一句：“我先走了。”

然后像怕被他扯住一样，转身飞快逃走。

结果，人家也没有挽留我。

匆忙见一面后，他的来信仍然不断，但我还是没有回复，他完全不是我心目中“白马王子”的样子。当时，我觉得小虎队不错。

本着随心、自由、诗意的态度发现生活中的点滴细致之美。

"金：你好，可能有点唐突，你不是很了解我，没关系，我们可以慢慢了解。等我放假回来，再邀请你去打乒乓球。"这是他最后一封信的大致内容。

没有回复，也凉了别人的心。那时是真的不敢沾染男女之事，否则就被说成早恋。早恋的结局就是回家被骂，人身自由更加被控制。换成现在，我也许会大大方方地回复一封，这是礼貌。

后来，不断转校，我们也断了联络。

再后来，BB机时代，QQ、E-mail恋爱快餐时代来临，我几

乎再也没有收到这样的“手信”。精致的信纸、信纸叠成的心和会唱歌的贺卡，已经成了记忆中的碎片；烛光晚餐代替了约会，恋爱的节奏越来越快。

“有一天你会不会用漂亮的笔记写一封真正的信给我？而且是通过邮局寄给我？”

“我会寄给你明信片，不管我在哪里。”

“是的，仅此而已，足够。”

…………

小米

小米是我初一的同桌。

那时的夏日，学生们习惯从家里背一壶水到学校，解渴。小米看见我水壶里的水喝得剩下不多时，她便会趁课间十分钟、把我的水壶拿回家，盛满。再轻轻地放在我的桌上，非常贴心。

她是教师子女，家就在学校。在我们的教室里能望到她家的阳台，从她家的阳台也能看见我们教室里的情景。

有时我会到她家里睡午觉，她一个人一个小房间，我们把门关起来，仰面躺在床上，轻声讲话，生怕外面的大人听见。

"你说你喜欢谁？"

"你先说你喜欢谁？"

刚开始时，谁也不好意思把心里的那点小秘密吐露出来。终于，有一天，小米忍不住了："其实，我一直喜欢班上的宣传委员。"

"呃……"我不好回答下句，幸好她已经捂上了羞红的脸，看不到我惊讶的表情。

两人差距有点大。宣传委员是班上出了名的帅哥，学习成绩也名列前茅，而小米尽管有个当特级教师的妈妈，但她的成绩从来都是倒数几名。小米长相也很普通，性格内向，在班里是不太起眼的女孩。

后来，我发现当宣传委员水壶里的水喝得差不多时，小米也会悄悄拿走他的水壶，拿回家盛满后，再悄悄放回去。

后来，宣传委员也发现小米的举动了，不过他像什么事都没发生一样，有时小米想和他说上两句话，他也表现得很冷淡。

他是个骄傲的男孩，班上不少女生都对他示好，他都表现出很酷的样子，不太搭理人。

宣传委员快过生日了，小米把平时存的零花钱都拿出来，去买了一支口琴，送给他。当时都流行送贺卡，28元一支的口琴算是高档礼物了。我问她：“你怎么对他这么舍得？”

“他喜欢音乐，我喜欢听他唱歌的样子。”说这话时，特别像一位母亲拿出所有的积蓄成全儿子的梦想。

口琴送过去，宣传委员对她的态度还是老样子，也许一支口琴，对于从小就拥有钢琴的他来说算不得什么。

宣传委员从小学音乐，会唱很好听的歌，会弹琴，经常参加学校大型演出，在全校都算是风云人物。他总是很傲气，只有在“班花”面前会露出浅浅的微笑。那时，关于他和“班花”在谈恋爱的传闻很多。

小米听见了，既不生气也不嫉妒，仍然每天为宣传委员盛水，每年为他精心准备生日礼物。

有一次考试，坐在我们前排的宣传委员说了一声："糟糕，我的笔坏了。"小米听见后，马上把自己手上正在用的笔递给他……

她无时无刻不在关注着他，发现他有需求，总是第一个去"救援"。

我当时不能理解，直到成年后我也遇上了一个很爱慕的人。

后来，宣传委员考上了大学，再后来有了很好的事业和家庭。而成绩平平的小米高中毕业后，就留在镇上，很快找了个小伙子结婚生子。

只是一到过年过节，宣传委员回到老家，招呼同学聚会，有些同学会以工作忙没时间，要带孩子为借口缺席，唯独小米每次都收拾得漂漂亮亮，如约参加聚会，从不缺席。

现在，我们都有彼此的微信。宣传委员的每一条微信，下面都有小米乐此不疲的点赞。

场景在年轮的冲刷下轮转，简单的爱，一切未变。

光环·我的同桌

王璇是我初一的同桌，如果放到现在，她就是传说中的“官二代”。写下她的故事，有那个时代的烙印。

1

依稀能记得那个画面：初一上学期的某天下午，校长突然出现在我们的教室，他的身旁站着一位怯怯生生的大个子女孩，背着红色卡通书包，脸通红，低着头，特别害羞。

校长有些激动地说：“让我们以热烈的掌声欢迎王璇同学的到来！”

于是，全班54名同学非常听话地跟着校长鼓掌。紧接着，校长说：“王璇同学因为父母工作调动，转学到我校读书，同学们要多多关照，她也因为父母工作调动搬家，落下两星期的课程，大家要发扬团结互助精神，想办法帮她补起来。好！我们欢迎她入座。”

说着，教导主任和班主任亲自搬来一张桌子一张椅子，将她临时安置在了教室最后一排。王璇同学就这样在全班同学的瞩目下入了座。

她始终红着脸，几乎是从脸蛋红到了耳根，害羞而拘谨，似乎并不太习惯校长这样隆重的推荐。

此时，教室里已经有叽叽喳喳的议论声。

“能让校长亲自介绍不得了啊，一定来头不小。”

“估计是哪个学校转来的高才生吧，校长笑那么开心，这下我们学校的升学率又会拉高了吧。”

“我爸说南江区里新来了一位书记姓王，莫非她就是王书记的女儿？”

后来证实，她确实是新上任的南江区区委书记的女儿。南江区在我县不是普通的区，它是南面的多个乡镇被规划到一起，连同我们这个镇一起统称为南江区，这里的书记是副县级。

2

王同学仅仅在最后面坐了一节课。第二天，班主任老师就把她调为我的同桌了。

我很惊讶。

班主任老师把我叫到外面，语重心长地跟我说：“我和王璇沟通过，她说她数学和英语都不好，你是学习委员，又都是女孩，帮起来方便，你要辅导她，没事帮她补补课。”

我点点头，毕竟校长和班主任这么看重她，我也不能不讲政治吧。

也忘了怎么和她说上话的，总之就说上了。第二天数学课老师布置了作业，等我做完，她就客客气气地把我本子拿过去，悄悄抄上了。原本我想给她讲解一下，结果每次没等我开口，她就把本子拿过去，低头就抄，也不想听我说什么。连思想品德课的作业都要抄，动作很娴熟。

那时，我才发现这个女孩儿学习不是一般的差，因为抄都会经常抄错。

数学课上，可能考虑到她刚来，老师会抽她起来回答问题。她紧张得马上站起来，红着脸，低着头，一句话也不说，一直沉默。每次都这样，老师只得尴尬地让她坐下，后来也很识趣地不再让她起来回答问题了。

有时候，同学们都在做作业，她就趴在桌上发呆。等老师来了，她就假装翻翻书，老师刚开始会辅导她，后来那位清高的数学老师干脆就不理她了。

有一天，轮到我值日，去数学老师办公室抱试卷，数学老师不紧不慢地对我说："罗小金，你旁边那个王璇天天抄你作业，考试也抄，画个图你们俩一模一样，按理说考试给她抄，你也应该受到处罚，唉，算了……"

我在数学老师的眼里看到了无奈。

我不擅于拒绝别人，特别是态度温和的人。每次王璇来借作业本时，都楚楚可怜地看着我，语气温柔："金，借一下你的作业。"目光害羞而真诚，让人难以拒绝。她是一个温和的女孩儿，对每个人都客气而礼貌，除了成绩差点。

我问她："你不喜欢读书啊？"

"不喜欢！看见书就头昏，小学一二年级还能上，三年级以后就听不懂了。"她倒也大大方方回答我。

"你考试考差了，你爸爸妈妈不骂你啊？"

"不骂，说几句就是了。"

我当时好羡慕她，学习成绩差也没人指责她。而我，每天都要被家里人教育"知识改变命运"一万遍。谁喜欢枯燥的学习呢？没办法。

3

没过多久的某个周末，王璇对我说："小金，你晚上来我家里睡吧，我一个人在家有点害怕，这样我们一起做作业也很方便啊。"

母亲对我管教很严，从来不允许我在外过夜，但那个周末刚好她去C城办事了。小时候，能和小伙伴一起睡觉，真的是很兴奋。于是，我没回家，悄悄地跟着王璇去了她家。

她家是两室一厅的房子，似乎刚粉刷过，家具像是刚从商场里买回来的，每个房间都摆着黑色真皮沙发和实木办公桌，如果不是卧室里放有床，会让人觉得这是办公室。屋里少了人气，也少有家的温馨。

我们趴在客厅的书桌上写作业，写到一半，我的笔坏了，于是她翻箱倒柜帮我找笔。在她爸爸妈妈的卧室，她一拉开抽屉，里面全是明晃晃的金项链、手表、百元大钞。屋里散落着各种贵重香烟、名酒、礼品。

在梳妆台上，赫然放着一张她爸爸给她留的纸条，上面写着："璇儿，我和你妈去市里开会了，三天后回来，你自己照顾好自己。"

纸条下面压了五百块人民币，但王璇看都不看一眼，就把她爸爸留的纸条和钱扔到了一边。好像习以为常，极其帅酷。

那时，我们在学校食堂吃饭，一顿饭也就花两三块，学生们一周的零花钱大约是10块或20块，这已经算是中等水平了。我们的班主任老师一个月的工资也就五六百，王璇口袋里的零花钱常常是班主任老师一个月的工资。

我在想，王璇到底有一个什么样的爸爸，这么富裕，而且也不在乎女儿学习的好坏。

4

有一天傍晚，我们又一起回王璇家做作业，打开门，就看见一位高大、帅气、风度翩翩身着西装的男士，我想这应该是她爸爸了吧。我顺口叫了一声叔叔好。

他朝着我微笑，很和蔼可亲。然后，他给王璇交代了几句，又扔了几张百元大钞给她，说马上要去市里开会，在家里待了不足五分钟，就消失在我们的视线里。

后来，又有一次在王璇家里见到了她妈妈，也是高高大大，很漂亮很有气质，据说也是某地书记。她和王璇的爸爸一样，简单交代了几句，说要去外地开会，扔下几张百元大钞，让王璇自己照顾好自己，之后就急匆匆地走了。

王璇对这一切习以为常，拿着父母给的百元大钞，和我们一样，在学校里吃着三毛钱一个的包子，一元钱一份的饭菜。只是，有时会意外收到来自外界的关心。

有一天傍晚，到了晚饭时间，我和王璇端着饭盒径自往学校食堂走，这时耳边突然响起一个声音："王璇同学，你在食堂吃饭吃得习惯吗？"

我抬起头一看，是我们的校长。平时很威严的他，此时变得格外和蔼可亲，用关切的眼神盯着王璇。而此时的王璇，又紧张得脸和脖子都红了，轻轻地回答了一句话："习惯，就是早上馒头有点硬。"

第二天早上早自习后，我们再去买馒头吃，就发现馒头软了一些，更入口了。一句话就连硬馒头都变软了，让我对她刮目相看。

不光是校长，连我妈也加入了"拉拢"王璇家的队伍。

有一天，放学回家，我妈很认真地对我说："镇上有个国有工厂快倒闭了，我想和你阿姨把它车间承包下来做点事，这事得上面的人说了算。你去帮我约一下王璇的爸爸，我能不能去他办公室找一下他。"

我当时就蒙了，我就见过她爸爸一次，也不熟悉。一个十二岁的孩子，胆子再大也没大到去约区委书记。我妈说得倒是很轻

松，“这有什么，你让王璇安排一下就行了。”

可是，我始终没有勇气说。我担心王璇觉得我和她那么好就是为了找她爸爸办事，所以一直没理我妈。我妈说我是上不了台面的人，叽叽喳喳了好一阵子。

我们俩是孩子，几乎不会聊到她的父母。有一天，她对我说：“你妈妈对你好严格啊，不许你在外面过夜。我天天在外面过夜都没人知道，因为父母很少回家。”

我问：“你一直这样吗？”

她回答：“好像从小就这样吧，我都转了几次学了，父母调到哪里工作我就转学到哪里，不过他们工作很忙，也没怎么管过我，我学习成绩差，他们也就简单地说我几句，但是零花钱不会少。”

果然，一学期后，王璇又转学了，跟随她爸妈，搬到了县城。这一次，她的爸爸职位更高了，当上了副县长。

我收到了她从新学校给我寄来的信，信里她第一次准确地表达了自己的情感，大意是：这些年来，父母为了工作上的升迁，官越做越大，但一家人团聚的时间很少，也没人管她，她有些孤独；她有点喜欢隔壁班上的那位男同学了……

后来，我一路忙着读书、升学、工作，便渐渐和她失去了联系。

5

很多年后，已参加工作。那时做记者每天都习惯性地翻翻报纸。有一天，我在《华西都市报》上看到一条关于老家的豆腐块大小的新闻：“因××县丝绸厂改制问题，经该厂老职工举报，县委副书记王某某涉嫌侵占国有资产，此事件目前正接受调查……”

我当时就傻了，王某某不是王璇的爸爸吗？当时沉默了很久，记忆一下子仿佛倒回十几年前。

老朋友相见，为什么是以这样的形式？

然后，我开始打电话托同学找她，最后得知她很早就参加工作了，是在她父亲的安排下在家乡当了公务人员。后来，她父亲的仕途在那次事件中戛然而止，她也离开单位，经商去了。

我在新近的中学同学聚会的照片中看到了她，没了中学时代的那份高冷，倒是如同一个县城生意人，笑脸盈盈，衣着朴实。

我们将近20年未见面，岁月把所有同学都打磨成了我们该属于的样子——有大学老师、医院护士、生意人、警察、官员、司机……他们并不一定活成了父辈的样子。

有时我在想，一个人能走多远做多大的事，并不全会因为你的出身，而在于你的选择、你的梦想、你的执行力、你的心理承受能力。

当下的每一秒，我们都在搅拌或成全着自己，而你可以掌握自己的未来。

回忆一瞬间定格在十二岁那一年。

写下她的故事，献给我的少年。

童年·趣事

1 第一封情书

小学四年级时，才十岁。数学老师的儿子比我高两个年级，大两岁，他有事没事总在我面前晃悠。

有一天，他突然递给我一个小纸条，我打开一看，竟然是封“情书”，上面写着五个字“我很喜欢你”。我吓了一跳，赶紧把纸条扔在地上。

他一下子脸就红了，觉得很没面子，带着有点稚气而霸道的语气威胁我：“罗小金，你相不相信，你这次数学考了96分，昨晚我已经看见了，现在我马上回家给你改成69分！反正试卷就放在我爸的书桌上！”

我吓得又把纸条捡起来……

而他站在一旁得意地冲我笑。

2 少女时代

小米是我初中同学，她比我大一岁，平时很关照我。

初中一年级的某一天，课间，我和她去上厕所。我把裤子刚褪下，看见一片红，吓了一跳，但又假装很淡定地说："可能是这两天辣椒吃多了，火太重了。"

小米头一偏过来，看了一下，然后大吼："你来月经了，我去给你拿卫生巾！"说完就跑了。她是教师子女，家就住在学校。

很快，她拿了一片卫生巾递给我。我诧异地问她："你怎么一看就知道是月经啊？"

她说："我小学五年级就来月经了，你现在才来！我一看颜色就知道。你是个白痴。"

3 香肠

有一年冬天，母亲从乡下运来了一堆柏桠，支起架子，在院子里生起一堆火，准备熏腊肉和香肠。刚熏到一半，"麻友"来叫她，她就溜去打麻将了，让我守着火熏腊肉。

小时候我有一个爱好，一看见火，就想烤红薯。

眼看机会来了，赶紧跑进厨房，拿来了几只红薯，埋在火堆里。为了我的"私欲"，让红薯快点烤熟，我把火生得很大。忽然，高温下的腊肉滴了几滴油在火堆里，火苗猛地蹿起来，火势一下爆发。我慌了手脚，几十斤香肠腊肉瞬间被烧成了一堆灰烬。

当时感觉天都快塌了。

母亲闻讯而来，火冒三丈，劈头盖脸地把我大骂了一顿："过年别吃了！今天家里有客人，等客人走了我再收拾你！"

就在当天晚上，我从睡梦中惊醒，听见整个院子都在喊："抓贼啦！有小偷偷香肠腊肉啦！"

等我穿好衣服起来，看见邻居剑娃子和他爸爸都拿着棍子，大家冲向围墙，但发现身手敏捷的小偷已经逃跑了。院子里各家各户晾晒的香肠、腊肉、床单，都被小偷洗劫一空，女人们个个都气呼呼地骂该死的小偷，唯独母亲站在原地，异常平静："幸好我家的香肠白天烧没了。"

躲过一劫，我的运气好呀！

4 新鞋

有一年夏天，学校特别流行塑料水晶凉鞋，透明的亮闪闪的，穿上感觉是灰姑娘变成了公主，好多女同学都有，我也想有一双。可是母亲说："你要把现在这双鞋穿坏了才能买新鞋。"

于是我天天盼着脚上的鞋快点坏掉。

有一天下午放学，我光着脚，盘腿坐在椅子上，拿着一支冰激凌在门口吃，三岁的弟弟这时从外面回来了，他看见我吃冰激凌，问我要，我说没有了，这支是表哥刚刚买给我的。

弟弟气急败坏，趁我不注意，把我的一只凉鞋拿走了。我怎么也找不到我的鞋，这时弟弟出现了："让你吃，让你吃！我把你鞋扔了！"我这才知道，他把我的鞋真的扔在院子里的公共厕所里，再也捞不起来了。

第二天，母亲只好带我去供销社买了一双新的水晶凉鞋。

直到现在，我都用一颗赤诚的心守护着弟弟，不是没有原因的。

5 你有电池吗

小学五年级开始，就沉迷于看《故事会》《知音》等大人眼里会影响学习的各种课外书。那时只能拿着手电筒躲在被窝里偷偷地看，一看能看几小时。手电筒一个就行了，但是电池却需要很多，小孩也没有那么多零花钱买。于是那时，就有了收集电池的嗜好。

每次到了表哥表姐七大姑八大姨家里，就喜欢问："你有多余的电池吗？"

问的次数多了，表哥就问我："你还在玩电动玩具吗？"

我摇摇头，拿出藏在怀里的《故事会》给表哥看，他就笑了。

后来，每次表哥要让我帮他跑腿，都说："我有电池！"

现在，我大约能买下一车电池。可是童年的时光一去不复返了。

远方，

就是你一无所有的地方。

SHIJIANKANDEJIAN

关于成长

我想有光

可以做得到

初中时代经历的一件事，对我后来的人生影响很大。

初一上学期，我的英语很差，差到期末考试不及格。

说来惭愧，我还是学习委员，考试都不及格。那一次，全班95%的同学英语都不及格，有五位同学及格，最高的成绩也没达到90分。

当然，这一切的一切都是有原因的。

20世纪90年代中期，在改革开放的春风下，流行下海经商。这股风也吹到了校园里。

我们的英语老师，正值中年，意气风华，也卷入了这股经商的浪潮。也不知道他具体在镇上做什么生意，总之感觉他很忙。从穿着打扮来看也比其他老师富裕。

他像费翔一样，总是一身皮衣皮裤，带着墨镜，每次骑着三菱豪华大摩托呼啸穿过校园，匆匆把摩托车停在教室门口，腋下夹着一本教本，快步登上讲台，神情慌乱。讲课老是口误，感觉好像连课都没怎么备。

他也常常请假不来给我们上课，有时来了，也心事重重，好像在想着其他什么事。有几次，他居然让他在镇上做裁缝的老婆坐在讲台上守着我们上自习。

等到期末快结束时，大部分课文都还没讲完，他就开始飞速地给我们念课文，三天时间就把后半本书念完了。

我们一群小孩，也不是那么有自觉学习的能力。好多同学，特别是贪玩的男同学觉得英语老师最好了，上他的课最轻松了，不怎么管人，上课可以开小差，布置了作业也不检查。

也没觉得他是误人子弟。

当时，我和他们也一样，一到英语课就当混世魔王，和前后左右同学说话，看《故事会》。没考虑后果。

成绩单拿回家被老妈看见后，她立马对我进行了转移，把我转移到传说中的全县升学率较高的一所封闭式学校去了。

OK，以我这样的成绩，到这种学霸型学校，应该很难混。语文数学我都不担心，就是英语，好像脑子里一片空白。可是我不服输呀，所以内心还是做出了正确的姿势：要好好学习English。

去上课的第一天，坐在我前排的一个女孩忽然扭头过来对我说："What time is it now?"

彼时我脑子里顿时空白了两秒，不过她说这话时，眼睛看了一下我手上的塑料手表，于是我机智地回答："Eight o' clock."她欣赏地对我笑了笑。

进这所学校时，老师知道，我在原来的学校是学习委员。于是到了新班级，班主任老师又把我选为了学习委员。大约是我长着一张正义的脸，学生时代一路官运亨通。

早自习课上，看着其他同学英语背得那么顺溜，我感觉我这个学习委员就像个南郭先生。

不过，爱面子的我怎么会让这件事露馅儿呢？于是私下里花了很多时间。这都不是最重要的。难怪升学率高，新学校的英语老师太帅太暴力了。

天亮了，
请允许我们做白日梦。

英语老师姓王，长得很帅，像黎明的那种帅。很多女生都暗恋他，我还是觉得小虎队好。

他喜欢穿西装打领带，干净清爽。眼神犀利，不怎么笑。

他的习惯动作，每次上课前就开始轮流抽查背单词，如果背不上来，他就一个耳光扔过去（对男生通常是这样），对女生要给面子一点，如果背不上来就罚站、讽刺几句或者扭一下耳朵。

没人愿意在众目睽睽下挨打，也没人愿意让自己暗恋的男神失望。所以，我们班的英语成绩常常是全校第一，英语老师也包揽了很多荣誉。

他的教育方式也简单直接粗暴。每堂课必会发生血案。经常都可以看到的是鼻血四溅的场面。那几个英语特别差，拖班级后腿，老是不进步的男生，经常被男神老师打得耳朵鼻子冒血。

有一次，有一位同学的家长来给他儿子送衣服，正巧看见儿子被打了。家长说："老师，你打得好，使劲打，这个孩子学习不努力，又不听话，你教育得好！"

那时我们好冤啊，家里得不到认可，学校得不到认可，体罚是家常便饭，是应该的。

每次上英语课的气氛都好紧张，如果下午有英语课，我从早上就要开始准备了。

我当时也挺怕他的，也觉得自己是班干部被教训很没面子。但自己底子又那么薄，所以我确实花了很多时间去记单词。没有什么诀窍，就是死记硬背背单词背课文，全神贯注地听他讲课，一秒钟都不敢走神，因为他随时会抽查问题。而且他从来不走寻常路，明明在上第十课了，他又把你叫起来回答第二课的问题。因此，新知识要学，旧课文要巩固。

我天天拿本英语书啃，不用牛皮纸包一下封面，书早就被啃烂了。

还好每次的课堂抽查中，我都能顺利完成任务，更让人意外的是，在第一次的月考中，我居然考了100分。后来我的英文成绩几乎都在90分以上，这让我明白只要我努力，就算用笨办法，就算起点低，仍然可以得到我想要的东西。

在后来参加工作进入电视台后，我如法炮制，每天扒带子学前辈，日拱一卒，功不唐捐。完全用时间磨。现在想来，不论是用蛮力还是巧劲儿，能抵达心中的梦想就行。

这件事情一直让我后来的人生很自信，直到现在我都觉得给我时间，我就能改变。

感谢那两位性格迥异的英语老师。

羽翼·我的大学生活

1998年，在一张报纸上，看见了成都某大学的招生简章，我才知道这个世界上有个新闻系，是专门培养新闻记者的。

我撕下报纸，想都没想，嗯，长大后就做这个了。

那时觉得自己语文好，应该读一个和文字相关的专业。而记者又是正义的象征，感觉很酷，当然每天可以穿漂亮的衣服上电视，也很风光。

我把招生电话小心翼翼地珍藏着，仿佛那是开启人生梦想的钥匙。

为了不错过学校的招生，我特地打了几次电话咨询，大概是每天咨询的学生太多，接电话的老师有点敷衍。

我干脆自己买了一张车票，悄悄从老家去了一趟成都，那时高速路还没有开通，从老家坐长途客车到成都需要颠簸四小时。

到了成都，晚上就借宿在表哥表嫂家。第二天又坐了一个多小时公交车来到学校。进了学校，像个大人似的围着校园走了一圈，很认真地考察了学校，联络招生办老师，咨询报考详情，还把老师的传呼机号码一一记录在笔记本上。

当时学院的院长摸摸我的头，说："你怎么自己来联系学校呢？家长呢？"

没人帮我。

家人并不支持我去读什么新闻系。所以，只有我自作主张地去联系。

自己选择的路就自己走，和别人已经没有什么关系了。

1 刚进校就有人退学

2000年，我如愿以偿进入这所学校新闻系学习，由于学校发展比较好，目前已成为西南最大的传媒学院。可是，我刚进学校时，学院当时作为某大学的一个二级学院，在成都郊区临时租借了一处校区，显得很陈旧。

当时还没什么感觉。宿舍里，住在我对面床的女孩叫燕子，她高考成绩好，整天给我抱怨自己怎么被调配到这个二级院校来了，还是她不喜欢的专业。她有些不甘心，在学校读了一个月以后，终于忍不住了，她说她想回去重读高三，想考名牌大学。

有一天，她真的行动了。一边收拾行李，一边对我说："还可以更好。"然后又对自己说："还可以更好。"反复念了好多次，我说燕子你没事吧？感觉她发烧烧糊涂了。

“没事，等我的好消息，明年不是211就是985重点大学，今年都考成这样，我就不信明年考不出来。”她没有和家人商量，去学校办理了退学，自作主张地回家乡重读高三。

把她送上车的那天，有些伤感，一个瘦小的女孩背着行囊，坐上长途汽车，一路颠簸回去，又要加入题海战术，重新开始，面对不确定的未来。

两人都掉泪。毕竟这一个月来，彼此像战友一样分享了好多心事。“我出生在农村，没钱没权没资源，未来只有靠自己了。”十八岁的她，斗志昂扬。

听着有些心酸。命运发给她一手烂牌，她在努力把这手烂牌打好。

她看着我说，没事。

她不在乎回去别人说她是个复读生，也不怕多浪费一年时间，也不在乎别人的眼光。

她家人都劝她别回去了，有书读就不错了，凑合着读吧，来年，来年还不知道是什么情况。

她连家都没回，拿着退回的学费，直接住进了曾经住过的高三宿舍，开始了自己的复读生涯。

那一年，我们都没有联系。为了专心备考，她连手机都扔一边，不用了。

第二年，接到她的喜讯：“金，我考上211了。”

第四年又接到她的喜讯：“金，我被一所重点中学聘用了，我要去当高中老师了。”

刚开始以为重点中学就是一所重点中学嘛，很多学校前面都会加个重点中学。后来，才知道，她供职的那所重点中学全省排名前三，年纪轻轻能在里面做高中部的数学老师，只能用古语才高八斗这样的词来形容了。

总之，进步青年。

后来，她又读硕士考博士，一直活跃在学术界。

“我就喜欢当老师，高级老师，高级学校，特别抢手特别受尊敬的那种。不是物质，是精神世界的享受。”她淡淡地说。

后来约她出来吃饭，我都在想要不要回去温习一下课文，否则聊不下去啊。

“燕子老师，你可不可以呼吁一下，改一下课本，特别是数学，我觉得太难了。”我给她开玩笑。

“有一天我应该有资格参与撰写教材。”她妥妥地自信。

“一不作二不休，干脆你一步到位，世界顶级学府牛津、剑桥、哈佛、斯坦福你都去试一下。”我继续给进步女青年勇气。

果然，没多久，她争取到去美国一所学校进修的机会。从此开启了她开挂的人生……

“没有伞的孩子更要努力奔跑。”我始终记得她说的那句话。一句话就要把我拉入进步青年行列。

2 宿舍里有三朵花

纵观班上36名同学，其中有20多名都是广电系统的子弟，时任电视台台长的女儿也在我们班上，我突然想到了自己，并没有这个行业的背景和关系，一度感到压力很大，觉得未来很迷惘。

感觉和他们从头到脚，从皮到骨都不是一个世界的后，我一下陷入苦恼。他们常常去逛街，去泡酒吧，我很少去，觉得没有太大的意义。

进学校的第一天就在思考最后一天，毕业后怎么混的问题了。那时怎么没有人来两巴掌来把我打醒，然后说：“孩子，你在学习的时候也应该享受当下。”也不至于在学校活成一个木偶。木偶是很难享受到青春的快乐的。

燕子走后，老师把三个表演系的女孩调来和我同住一个寝室。她们美丽自信又爱闹，刚开始我真的和她们玩不到一块儿。太闹了，整天在宿舍唱歌跳舞喝啤酒，痛哭失恋又和好。

那股折腾劲儿啊，我觉得影响我睡眠。那时，好怀念安静的燕子。

我们都是孤独的刺猬，只有频率相同的人，才能看见彼此的内心。

我们每个人都在寻觅心中尚未崩塌的地方，过上自己想要的生活。

此刻，我选择旁观。

三个美女各有特色。其中两人唱歌，可以唱出原版李玟、张惠妹；另外一人从小学跳舞的，美得像关之琳。

真的挺有资本的。什么歌一听就学会，真的是老天赏饭给她吃。有一天，我胡乱写了一段话，看起来像一首诗，擅长唱歌的佳，居然谱曲把它唱出来了。

美得像关之琳的，出去客串了好多小角色，都是剧组主动来找她的。

老师为什么要残酷地把我安排和她们住在一起？每天不是自卑地觉得自己没特长，就是被她们闹得慌。

有一天，佳问我："你的特长是什么？"

"阅读？写作？"平庸得真有点回答不上来。

"好吧，祝你日后成为文学巨匠。"她一副很拽的样子。

"好吧，祝你日后成为我国著名歌手。"互不谦让。

后来，她去参加"超级女声"进了前50强，我觉得她可以走得更远，因为声音实在是太棒了。只是她吊儿郎当，没把未来当未来。

我成天在学校心事重重，十八岁看起来像三十八岁，总担心未来。

她们说我想多了，车到山前必有路，条条道路通罗马，毕业后的问题毕业时才想。

随心生活，也要为未来做准备。

老师说："你们走进校园，为了以后在电视上的亮相，从现在起，就要说普通话。"从那以后，我每时每刻都说普通话。为自己买了个小收音机，每天跟着电台念；每天去学校门口买一份报纸，拿回宿舍读，一方面练语言，一方面掌握文章的观点。

老师说："当记者是全才，要会开车。"我马上在学校附近的驾校报了名。

老师还说："做新闻要多看优秀的前辈怎么做，比如要多看白岩松、崔永元，多看焦点访谈。"

2000年是中央电视台评论部的黄金时期，这些节目和这些主持人，都是新闻课上老师的经典案例，是我们学习的对象。每天晚饭过后，同学们准时坐在学校的电教室，端端正正地学习CCTV的各档新闻节目。

怎么就那么听话呢？那时手机还不是智能的，也不会玩手机。学校地处偏僻，可玩的东西屈指可数。大部分同学就像那个年代一样，端端正正的。

如今传统媒体的衰落，我不知道现在的新闻系学生毕业后最理想的工作是什么。如果是现在这个时代让我选专业，我大概会选艺术设计或者中文，每个时代和时期想法都不同。去年网络游戏主播年薪千万，今年就变成百万了；每过一段时间都有一个风口，如果你想抓住每一个风口是不可能的。因此，学一门手艺，安静地做自己。我现在倒很欣赏那些手艺人，无论外界发生了什么，他仍然刻着自己的木头，绣着自己的刺绣。如果，你以这样的精神去生活，沉下去，我觉得是面对这个浮躁社会最好的方法。

选择自己喜欢的事情去做。因为终究你会发现不爱一件事，或许勉力为之，却不能甘之如饴，竭尽全力。

没工作的时候好想工作，因此我的整个校园生活很短暂，大二下学期，有一个机会来临，我就迫不及待地去电视台当“童工”了。

秋风送爽·爽哥

爽哥是我大学同班同学，他比我小，可是我就喜欢叫他爽哥。因为，他在我面前，总是一副很老道、很资深的样子。

那时，他常跟我说：“我爸是重庆某电视台的主任记者，全国都拿过奖的。我妈是播音员，关于电视那一套，我从小就耳濡目染，根本不用学。你有什么不懂的就直接问我吧！”

于是，爽哥不怎么学习，开始在学校谈恋爱。他爱上了学校表演系的一个藏族姑娘，姑娘好美，爽哥好喜欢她，常常买礼物去讨好她。

钱花光了，就站在女生宿舍下面吼：“老罗，给我扔50块下来。”于是我就乖乖给他扔50块钱下去。

有时在学校门口网吧上网，我正上得起劲儿，他就潇洒地走了，末了还对网吧老板说：“我的账那位长头发面饼脸帮我结。”

那位面饼脸，就是我。

网吧老板一直以为我是他亲姐或表姐，经常说你弟在里面。

非亲非故，两人就是谈得来，不分你我。上辈子一定有什么牵连。

爽哥其实很大方，只要他的生活费一到账，就拉着我们海吃海喝了，自然也会把平时借的钱还我，然后就开始给他女朋友买些县城姑娘穿的小裙子了。很有担当的一个男人。

有一天，我说："现在学校把我们新闻系的普通话课也取消了，可是如果要当一名合格的记者，一定要过语言关啊。"

爽哥二话没说："不怕，不怕！你寒假跟我去重庆，我让我阿姨教你。"（阿姨就是他继母）

当时觉得他好man。

终于放寒假了，爽哥拖着我们两个女人来到了火车站。一个是我，一个是他美丽的藏族女朋友。他要带我们两个女人回他家。

我感觉这局面有点混乱，还有点尴尬。爽哥一句话就把我们镇住了："想那么多干啥！跟我走！"

于是三人上了火车。火车上，爽哥甜蜜地搂着他的藏族女朋友，呼呼睡着了。我孤零零一个人坐在他们对面，有些冷——用现在时髦的一句话，就是不断地在撒狗粮。但一想到马上有著名播音员辅导我了，心里暖暖的，充满了期待。

火车飞驰了半夜，第二天一早，就到了重庆。

爽哥拉着我们进了家门。他的爸爸不在，在电梯口刚好撞见他阿姨。

他是这样介绍我的："这是我同学罗小金，也是我的好朋友，她梦想很多，想拜你为师学普通话。你就好好教她吧！"

给他阿姨布置完这个"任务"，爽哥就拉着女朋友跑了，也不理我，就跟他阿姨说了一句："我到外婆家去玩几天。"

他阿姨也不知道跟在他身后的那个女孩是谁，偷偷问我："那藏族女孩是谁啊？"

在师父面前，我不好撒谎，但又怕给爽哥带来什么麻烦，于是只好淡淡地说好像是他女朋友还是好朋友。

阿姨说我管不了他，他爸才管得了他。

接下来，爽哥把我扔在他家，就杳无音信了。我每天睡在他的房间，跟着阿姨练习普通话。阿姨走到哪里，我就跟到哪里。她对我很好。

她带我去重庆电视台，看她做的节目，教我怎么面对镜头说话。

我想，她应该是我在电视这个行业最初的启蒙老师。

下班后，她把她以前在广院读书的教材拿出来，教我吐字发音，并且鼓励我："你可以做电视的，文笔反应都不错，做事也很认真，形象也过得去。"

得到专业人士的鼓励，我在重庆的每一天都神采飞扬，更加坚定，自己一定要在新闻这条路上走下去。人一旦有了目标，做什么都不觉得累。那段时间，我对电视节目有了飞速的认识，这是课本上学不到的。

真的很感谢这一路上我遇到的前辈。

在爽哥家待了半个多月，虽然他完全不出现，因为我很充实，好像也快忘记他了。就让他和女朋友放飞自我吧，不打扰了。

快过年了，我准备回老家。阿姨去汽车站给我买了一张车票，亲自把我送上了车。直到那时，爽哥和他女朋友还在他外婆家玩。

阿姨说，他怎么敢带女朋友回家里呢，他爸爸回来不骂他才怪。那时，他爸爸一直在外拍片，也说不准什么时候回来。

虽然爽哥把我扔在他家就谈恋爱去了，没理我，可我完全也不生气。大约是一种人，如果觉得彼此是朋友，就没有那么多客气和规矩、计较和猜度。

后来，他和藏族女朋友分手了，我们还是打不散骂不走的“闺蜜”。自此，我认定男女之间是有友谊的，不染指爱情，却一直都很温暖。

一项技能·普通话

“普通话”这项技能始终贯穿着我的职业生涯，我花了很多时间去学习和纠正，一直不满意。

刚进大学时，老师对我们说：“你们要当一个好的电视新闻人，首先普通话要好，语言表达能力要好；其次，文字功底要好，要有辩证能力，心理素质要好；最后啊，身体要好，要会开车，什么技能都要有。”

当年十八岁，怀着对电视的满腔热血，去报了省广电的普通话学习班，还私下找了电台的老师上小课。那时，课时费100块一小时，老师还不愿意收我，说我语言上毛病太顽固。

每次在她家上完课，我都带着沮丧的心情离开。她当时带了两名学生，我自然最差。

其实我挺用功，但感觉学语言好像学唱歌，有的人学两遍就会了，我大概学五六遍还会跑调，找不到感觉，没语言天赋。心有余而力不足。

很长一段时间都很郁闷。回到家，家里的背景声音永远是

CCTV新闻频道，他们怎么念，我就跟着怎么读。在宿舍里，给自己买了一台收音机，每天鹦鹉学舌似的读报纸。

一切都是有回报的。

大二时，我去考级，最后居然考过了国家级一级乙等。尽管考过了，可我每次在宿舍里录音，仍对自己的声音不满意。

还没放弃，继续找小课老师，因为我只认识她。

周末从学校坐一个多小时的公交车去她家上课，我对老师说："老师，我刚过了一乙。"

结果她笑着说："谁监考的啊？让你过了？你呐，确实是都知道怎么读，属于考试型选手，不属于表现型选手。部分音节发音不到位，气息不到位，你过了的原因可能是当时的状态比较好，运气好。"

本来还沉浸在"过级"后的小欣喜中，结果被她这样打击摧残，心在默默滴泪，但是意志告诉我，一定要坚持下去。

或许有些年轻人就是这样，越是被打击，越不服气，越有斗志。到了后来，她见我在她那儿进步不大，又不想收我了。我也着急，每次到她家就一个问题：让我躺在床上找"气息"。她老说我气息不通，就跟唱歌一样，中气不足，不流畅。

那几个月，我就在她嫌弃的目光中成长，所以后来不论谁打击我，内心都没多大感觉了，很感谢这位老师，非常真诚，一句假话都不说。

工作几年后，我到了传媒大学进修，老问题又来了，又得学普通话！

那时，师从陈道明的夫人杜宪老师，她继续说我：问题不少。

我再次开始下狠心，在传媒大学又给自己找了一位小课老师。600块一小时的，那时我已经工作了几年再去读书，教育基金充足，还安慰自己女人要舍得为自己投资。不投资怎么会有好未来呢？交学费比买化妆品还积极，花多了也没有犯罪感。

我的口头禅是："能力范围，只要最好。做人不要磨磨唧唧的，一步到位。"

广院的晨练是一道风景，到处都能见到念"八百标兵奔北坡"的少年，有时是对着一棵树"哈、嘿！"，有时是在那儿吞气、吐气！总之各种花样都有。我就观察他们，观察得差不多了也加入到他们群体中练习。

我在学校租的房间空了一小间，特地邀请我的班长——当时业务能力最好的男同学，过来免费住，目的就是让他随时影响和辅导我。他开玩笑地对我说："没见过像你这样，又努力又笨的女孩了。"

不管别人怎么说，其实我的内心都不会受到影响，也相信不会因为谁的一句否定的话就能决定结果。

一年的传媒大学读下来，我似乎也可以上台朗诵高难度的诗歌了。还给男朋友录了一首诗，再配上音乐、照片，刻成光碟，寄给他。感动死我了，可是最后我们还是分手了。

专业老师说：“小金，你别回去了，你终于学了几句京腔把‘川普’扔了，我怕你回去之后又变回去了。”

果然一回去呆上几个月，四川话和普通话混杂着，又快被打回原形了。

去小香港录节目后，他们又对我说：“你别那么一本正经的播音腔，自然一点温柔一点好不好？”

我瘫倒在地，背后一阵赤凉，我这辈子终于不用再去练习绕口令和气息的问题了，有点解脱的感觉。

抵达，从来都需要漫长的路程。

一项技能，如黑白灰一样简单，所思所想，在黑暗中墨守，为光欢呼。

大学·趣事

1

大一刚开学，我买了一块香皂回宿舍，室友李蜜嚷嚷道：“你太土啦，现在这个年代谁还用香皂洗手，都是用洗手液的！洗手液不会交叉感染。我妈是妇产科主任，我爸是麻醉科主任，我爷爷也是开诊所的，我奶奶是中医，医学卫生常识我都懂，以后你生孩子了，先去我爸的麻醉科，再去我妈的妇产科，再让我奶奶给你开两服中药下奶，一条龙……”

整个宿舍的姑娘笑得人仰马翻，她还在不停地说。这个出身医学世家的姑娘却特别爱唱歌，后来去参加“超女”，在电视上看见她，进了成都赛区的前50强。

2

有一天，室友婷带来一个帅气的小伙子，是比我们低一届的表演系同学。小伙子是本地土著，开着爸爸淘汰的旧车来上学。

他一见我们，热情似火：“我有一辆车，不如我开车带你们去春熙路逛街吧。”

宿舍里的四个女孩子说：“好啊好啊。”

于是，帅哥开车载着我们逛了春熙路，又请我们吃了火锅，晚上又恭恭敬敬地开车把我们送回了宿舍。

我们玩得很开心。

从那以后，他就自由出入我们宿舍，和婷卿卿我我、勾肩搭背、搂搂抱抱……

老师来查夜，问：“你们宿舍有男生吗？”

我们齐口回答：“没有！”

宿舍守门的阿姨也对小伙子爱戴有加，大门口赫然贴着“女生宿舍，男生禁入”，但婷的男朋友每次一溜就进来了，神速塞给守门阿姨五块、十块小费。大家都装着什么事都没有发生。

因此，后来我们建议他男朋友去做公关或攻关，天生会来事儿。

3

大四的时候，橙子意外怀孕了，她的男朋友把我们召集在一起，商量怎么办。

“还是先处理掉吧，现在要准备论文，还得抓紧时间找工作、上班，好多事呢。”她男朋友无奈地说。

我们点点头，觉得说得有理。

橙子想了想：“6月份拿了毕业证，我就没什么事了啊，刚好可以趁那段时间把孩子生下来，你去工作赚钱就可以了啊。”

霸气的人生从来不需要解释。

那一年，
我 25 岁。
还有梦。

4

大一体育课，第一节课，体育老师就让我们玩老鹰捉小鸡，我觉得太幼稚了，从那以后，就不去上体育课了，改去驾校学开车了。

快期末时，同学提醒我，体育课也要算成绩的，体育不及格也会影响拿毕业证的。

我赶紧去了，去时刚好碰上考试。老师拿着花名册叫了一个又一个同学，就没有我。

我悄悄站在体育老师身旁，一看，他已经把我的名字画掉了。我问："老师，你怎么把这个名字画掉了啊？"

老师答："这个人从没来，没见过，不是我们班的！"

我瞪大了眼睛，想哭……

5

婷是我们宿舍生活优渥的独生子女。

一开学，她的妈妈就给她搬来电饭煲、饮水机、小洗衣机、吹风机、热得快、电风扇、电热毯等等各种大小家电。

有了这些小家电，我们的生活品质也跟着一起提高，每天跟着她用，喜滋滋。

大四那年的7月，我回学校拿毕业证。

教务处的老师说："先交钱再拿证！这是你们宿舍这几年欠的电费，一共700多元，叫你们成天在宿舍里非法用'热得快'烧水，现在知道了吧！"

我有点委屈，心想，四个人用的电费，为什么要我一个人给啊？

老师瞪了我一眼："她们离校时说了由你来结清！"

…………

6

大一的某一个傍晚，学校的广播响起："罗小金，请速到学校教务处，有亲戚来看望你。"

"哪个亲戚来找我？"我赶紧冲出宿舍，往教务处方向跑。

刚跑出宿舍大门口，就被三个很有气势的小伙子拦住了。

一个小伙子对我说："我是编导班的×××，和你同级，你是小金吧，我很喜欢你……"

我当时蒙了，众目睽睽之下觉得很不好意思，就简单地说了句"不太好吧"，扭头就走了。

留下三个小伙子，尴尬地站在原地。

我当时情商就是这么低，非黑即白，从来不给人面子。

毕业后，我和"追求者"竟然在同一个栏目工作，每天低头不见抬头见，低头不见抬头见，低头不见抬头见……

我把我整个灵魂都给你，连同它的怪癖，
耍小脾气，忽明忽暗，
一千八百种坏毛病。
它真讨厌，只有一点好，
爱你。

SHIJIANKANDEJIAN

关于工作

当我和世界不一样

给理想一点时间·实习

艺术院校推崇实践，大多数同学安安静静地读了一两年书，就迫不及待地想投入社会了。那些表演系的，早已在外面拍戏，有的都飘到北京去了。

大二的寒假，心想：大家都去实践了，不如假期我也找个单位实习吧。通过学校乐老师的推荐，我去了某卫视的国际部。当时给自己定下的目标就是，就算是实习，也要去大平台。能力范围，只要最好。

刚去时，不知道做什么，制片人就安排我帮栏目组写节目预告，写完后再刊登到省广播电视报上。

一份很不起眼的工作，也很认真，每次都变着花样去写那不足100字的节目预告。制片人看我写得挺认真，于是，每个月开始给我发一些工资。当时很意外，以为实习生没有工资。

隔壁办公室正好是知名纪录片导演王老师的工作室，我一有空就去那儿坐着，看他们编片子、讨论节目。如果说对画面的认识，对镜头语言的认识，我应该是从那儿学到的。

后来，做的新闻总有纪录片的感觉，我想应该是这段经历所致。

人生无数个片段形成了现在的你。

那时早上去上班时，他们有的编导才准备回家睡觉，昨晚又熬通宵剪片子了。有一天我问："你们工作室怎么全是男人，没有一个女人啊？"他们说："我们出去拍片子，在深山老林里面，一待就是几个月，女人太娇气，我们这儿不要女人。"

仿佛受了一点感染，前辈都那么努力，我一个新人，应该抓紧时间多做点事了。

在那个院子里，我认识了《早间新闻》的记者陈老师，他当时一个人跑新闻，身兼摄像和文字，很辛苦。两人聊得投缘，于是我一有空就去帮他采访和出镜。每次做得好，他就表扬我："可以嘛，小罗，继续！"

那时，才19岁，出现在卫视的《早间新闻》里，意气风发。

没过多久，一档房产节目在招兼职外景主持人，我去面试成功了。每周有两天时间，去不同的楼盘录节目、做推介。那时每天都围着这三份工作转。每月收入上万元，是同学心目中的"小富婆"。

虽然当时并不富裕，但我对钱并没有太大感觉。因为我明白仅凭工资也成不了富翁。是真的把这份工作当成事业来做，而事业是不谈性价比的。

到了学校开学时间，我已经走不开了，于是给学校请了假，在工作单位附近租了一个小套房，正式开始我的“职业生涯”。

我的小房间，就是我的小世界。

购置了锅碗瓢盆，自己还做饭吃。只是担心煮多了，一个人吃不完又得倒掉。

一个人在家放着很大声的音乐，对着电视机唱歌、跳舞。累了，又静下来对着镜子练语言。我给自己买了一个小摄像机，把它架在阳台上，每天对着它说话，练习表达。练习完一段又回放，自己去看，有哪些不对的地方再纠正。日复一日地练习，乐此不疲。

赚了钱，报了很多兴趣班，英语、拉丁舞、钢琴、化妆……就差新东方烹饪学校没有读了，一副好像要把自己全面武装起来的样子。

一到周末，就坐着公交车去“赶班”，风雨无阻，也不觉得累，仿佛多掌握一项技能，就多一个筹码。

在报纸上看到的所有主持人大赛、演讲比赛，我都会去报名，也不知道有没有获胜的把握，都会去参加，就是好奇，也希望未来多一个机会。

每天都好忙，也不懂寂寞。

虽然那时我还算有点姿色，但其实追求者不多。可以用下面这段话解释：当女人想追求个人的成功的时候，人们尤其是男人就会认为这个女人是不可爱的，有野心则会成为贬义词。这个时代还没有过去，但如果运气好的话，会有人愿意为你创造一个不用委曲求全的时代，鼓励你做自己，是我能想到最好的爱。

没有人告诉你的事，生活最终会告诉你。

在那间小出租屋里，我度过了一个人的中秋节，一个人的元旦，以及一个人的很多节日。宅，有空就窝在家里，鸡汤书读了满满一大堆，后来接触到外国文学，才感觉之前审美实在一般……

这样的状况维持了半年，我对现状不太满意了。旅游节目、房产节目以及有点像时政类的《早间新闻》，节奏都显得有点慢，我想做一个真正的“无冕之王”，想讨论国计民生，想帮老百姓排忧解难、伸张正义，想拯救地球……

说不下去了，青春就是这么幼稚。

通过朋友的推荐，我去了某频道一档颇有影响力的新闻节目做见习记者。一进去，那种每天去抢新闻的热烈，让我有点上瘾。

有一天早上，不到八点我就来到了办公室，不断地接到热线，说车站发生了枪击案。这时办公室只有我一人，我给制片人打电话，问他我可不可以去采访这条新闻，制片人想都没想：“赶紧开车去呀，车钥匙在我抽屉里。”

我当时就蒙了，说：“我刚考过了驾照，可是驾驶本还没有

偶尔可以放纵一下，
忘记你的存在。

发下来。”结果制片人说：“你就说，你会不会开车，会的话，你直接开去就行了，其他不管。”

有了他的鼓励，我二话没说，抓起车钥匙，就开着车去了事发地点。那是我第一次开车上马路，心慌又觉得好玩。这是一辆当时很流行的捷达车，不过是手动挡，新手上路，一路上熄火无数次，但还是顺利地把车开到了事发现场，把新闻拍了，又安全地开回了办公室。

回到办公室，我把钥匙交给制片人，很诧异地问：“boss，我还没有领到驾照，你怎么还让我开车呢？”

“啊？你不是说你会开车吗？我以为你已经拿到了驾照。唉，早上在睡觉，迷迷糊糊的，没听清楚。”他尴尬地笑。

无证驾驶，想想都后怕。

在这档新闻节目里，我大概待了半年。在这半年里，采编播都学会了。所有时间都拿来做新闻，每月的稿分自然名列前茅。可是这档节目每天时长只有10分钟。常常我去审稿，有人就会说：“你的长篇大论，再加上中下集，又来了。”如果一个记者的节目时间长了，其他记者的新闻播出机会就会少。

一个新人如此崭露头角，并不是好事。那时没有社会经验，把学校那一套带过去了，在学校里作业做得多做得好，老师会鼓励。而社会不像学校那么简单，不是一股脑儿的努力就能赢得所有人的好评。在体制内，领导也有些关系需要去平衡。最后的平衡的标准不是质量，不是业务能力，而是其他……

这样的氛围，从现状来看不公平，从未来来看也不会有太大的空间，于是心生去意。

枪打出头鸟。李娜同志说过，要做就做出头鸟，枪打了出头鸟又如何，枪打得多了，出头鸟就更强大了，烧不死的鸟，是凤凰。经典啊。

跟朋友们抱怨，他们就帮我想办法，说："不如你去凤凰卫视做专题吧！"

于是在一个周末，通过朋友介绍，在成都的一个茶楼里，我认识了凤凰卫视某栏目的制片人陈先生。我们聊了一下，他邀请我去深圳加盟这个栏目。我当时就答应了，并做好了准备，打算在2004年过完五一劳动节就打包去深圳发展。

面试

未来你将在哪里，和谁相遇，会发生什么事，冥冥中仿佛有宿命的安排。2004年5月8日一大早，朋友D先生打来电话："我们栏目在招人，赶紧过来面试吧。"

"不去了，我准备去凤凰了……"我躺在床上怠惰地说。

过了一会儿，学校乐老师又打来电话："小女子啊，《新闻××》在招人，你现在赶紧去。"我听了乐老师这句话才慢吞吞起床。好吧，去试试吧。

把脸洗干净，很随意地就去面试了。到了面试地点，在电梯里，碰到不少面试的同学，她们妆容精致，都拿着简历。我才想起自己连简历也没有，毕业证也没有，空着手就来了。

到了面试的新闻部主任办公室，胖胖的主任和蔼可亲，开门见山地问："哪个学校毕业的？学什么专业？之前做过什么？会写稿子吗？会拍吗？会编吗？会出镜吗？会开车吗？"

干脆利落的问话，简洁而直入主题。

我轻轻地回答了声“会啊”，在一旁的副主任插话：“她之前在×××栏目做过，我有印象。”

主任一听，便说：“那好吧，你下午跟着摄像，去做一条新闻，我们看看。因为你之前有独立做新闻的经历，所以就不用参加培训了，下午直接上手吧！我们节目扩版了，很需要一批动手能力强的人！”

我看见其他面试的同学都交了简历，于是便问：“我需要补交一份简历吗？”

他习惯性地眉头一皱：“有就交一份上来，没有就算了。简历做得再好，动手能力不行，做不出好节目，也没用，我们现在需要的是一批实实在在做事的人。”

就喜欢简单粗暴，直接高效。

于是下午，我就跟着摄像出去拍新闻了。做的新闻当天晚上就播了，还没来得及喘口气。第二天，选题又来了，继续加入战斗。

栏目刚刚扩版，早中晚12小时不间断直播，天天缺稿，所以不论我做的节目有多长，只要好看，都会拿去播出，不像之前的那档节目，老是受到时间的限制，很多精彩片段不得不剪掉。这让我一下觉得很过瘾，又是一档为民解忧、贴近生活的民生新闻节目，并找到了做记者的感觉，一发不可收拾。

凤凰卫视那边，我告诉朋友暂时先搁浅一下，等我7月拿到当我和世界不一样。

毕业证再过去。我没想到，去的第一天做的新闻就有了稿费，也就是完全没有经历实习期，第一个月就直接给我发工资了。我找到了一点归属感，也有挑战。那时，说新闻的方式很火，相比栏目里的其他老记者，我还比较生涩，觉得自己有很大的空间可以提升，于是，每天工作很有激情。

这档民生新闻节目后来成了成都地区收视率最高的新闻节目之一，它成功的原因之一或许就是给每一个人发展的空间和机会，在做节目这件事上不论资排辈，只看成绩。

到了7月，我拿到了毕业证。我对母亲说："妈，我想去深圳发展了。"她显然希望我留在她身边。于是，开始打击我："你去凤凰卫视呀，你一个刚毕业的学生，也没什么工作经验，去做什么呢？还不如先在四川锻炼一两年，等翅膀长硬一点再去。"

我心想，也是，自己还年轻，先在这里锻炼一下吧，毕竟，这里离家也近。

谁知道，在这里一待，就是十年。

专注

专注的动力是源于内心的喜欢和热忱。

那时年轻，喜欢文字喜欢新闻，喜欢早上醒来时一切都是未知。不知会遇见什么人，会有什么样的际遇，什么样的结局。对于年轻的我来说，都是收获。

励志的书看多了，并不想此生碌碌无为、庸庸度日，做一天和尚撞一天钟。

到了新的集体，并没有想过在这个集体里一鸣惊人，要成就什么，只是想在这里把基本功练扎实，以后有机会到更大的平台去。

那时学新闻的年轻人，大多都梦想去CCTV、凤凰卫视。我大概也有这样的想法，所以并没有想在当下的平台去争取什么，而是把它当成一个成长的地方。

直到有一天，发生了一件小事情，略微刺激到了我弱小的自尊心。

某一天早晨，我向制片人报一个选题，站在他面前，我很认真地分析选题。但他埋头写字，看都不看我一眼，说："这个有统一安排，已经安排其他记者去了。"我当时觉得特别没面子，后来才知道重大选题都安排给栏目最有能力的记者去做。这才意识到，原来我每天做的都是不打眼的小新闻。

回到自己的座位上，当时暗自下了一个决心：半年内，我一定要有能力操作所有的选题。太没出息了。

当天回家，各种情绪交织，情感丰富的我大哭了一场。比当学生时考试不及格被老师批评了的感觉还严重。

生活总是苛待年轻人，这是一个不得不承认的事实。

没关系，哭是为了以后更好地笑。给自己找个台阶下也是我的特长。

第二天，我便开始了全新的计划，我总是很早去办公室，然后去保安室抱回当天的报纸。当天成都本地的五份报纸——《成都商报》《华西都市报》《成都晚报》《天府早报》《成都日报》，我会都浏览一遍，看看当天有什么大事发生，再捕捉选题和观点。看完报纸，最少会打出20个电话，询问和我一样做新闻的同行，问他们有什么好的选题；然后我再紧守栏目热线，努力在各方资源找到好选题。如果找不到，制片人安排我去做什么，即使一条很简单的车祸，我也想尽办法把它做得与众不同。

那时没人知道我的存在，在120名记者里，我也不起眼。主食是盒饭，顶楼的编辑室，是我第二个家。

就算当天的新闻播了，我也会返回机房，把"素材带"和"初编带"拿回去再看一遍，琢磨画面哪里拍得不好，提问方式是否恰当，文稿的节奏、幽默度、严谨性等等，思考很多问题。

开车的时候在思考，走路的时候在思考，吃饭的时候在思考，洗澡的时候在思考，有什么好的想法马上抓只笔就记下来，脑袋一直在高速运转，头发一直在掉……

第二天见到摄像，我会把昨天新闻里的优点和缺点告诉他，“你昨天哪里拍得不好，应该怎样拍。”“虽然新闻是当天的消费品，但是我们还是尽量把它当成作品来做。”

电视是一份共同协作的工作，把和你共事的搭档聚拢起来，同步前进。我喜欢和刚进台的新人共事，他们更有活力、更有冲劲儿和创造力，也更爱学习。

栏目新招了30多名应届毕业生，会开车的并不多。知道我会开车，资源不能浪费。制片人就分配给我一个不会开车的摄像。

我好像是个女飞侠，每天领到单位分配的不同车型，从小轿车到越野车，不管多难开，都得硬着头皮上，身手敏捷。

“如果你喜欢一个事，又有这样机会，那就把整个人都投入进去，就要像一把刀扎下去直到刀柄一样，不要问为什么，也不要管会碰到什么。”

当初确实如此，冲劲儿十足，哪怕守一条新闻24小时不睡觉也不觉得累。有一次，在现场守一条新闻，从当天傍晚6点一直到第二天早上9点，值夜班的制片人打来电话劝我别守了。我认定还有戏，继续守到当天下午2点，才回到单位。连续24小时没睡觉。回去后，继续写稿，编辑完，直到交给直播间播出后，回去睡了五个小时，又起来上班。

回忆的意义在于如何更好地往前走。（摄于 2008 年 5 月，汶川）

没人逼我这样做，纯属自愿。为了所谓的理想，好像上了一条高速公路，出不来。那时二十出头，精力充沛，能熬夜啊，熬了一夜，睡一觉，又满血复活。只要听说有好题材，就脚下生风，飞奔出去了。

做的一切都有回报，这算是一个公平的职业。你的节目每天呈现在电视上，是好是坏，观众用遥控板投票，收视率会投票。我大概拼了四个月，就开始见成效，慢慢的，做出了一批又一批收视有点爆红的新闻。渐渐被领导发现，渐渐被委以重任。

有一天，和我一起进台的一个女孩对我说："金，我们刚进来时，你还经常和我聊聊天，现在都找不到你人了。你为什么要把自己弄得那么累？"我说："我有新闻理想啊。"

那时，提到"新闻理想"这个词，还不会被人耻笑。

人努力到一定程度，一定有走通的时候。

后来，我在这档节目做得风生水起。有一天，制片人对我说："没觉得你智商太突出，情商也不高，但为什么你做的新闻总是收视好，我很长一段时间都找不到答案。"

我心里想："老板，我把100%的心思都花在了节目上，0%的心思花在其他方面。勤能补拙嘛。"

大概是一头扎进对未来的憧憬里，想拼尽全力试试自己能够成为谁。

而面对自己想完成的目标，没有捷径。趴在地上，双脚插进泥里默默地去做。

牙，及一颗勇敢的心

有一天审稿时，领导对着屏幕上的我说：“你那几颗大板牙露出来，也太好笑了吧。”我明白他的意思了，也觉得自己前面那四颗兔牙挺幼稚的，和想象中新闻记者严谨的形象不太相符。

于是，当天下午，我就直奔口腔医院挂了个专家号，说：“医生，我要拔牙，帮我把牙修整齐漂亮一点，立即，马上！”

医生见我急，也挺配合，二话没说，就把我那几颗大板牙给敲了。

敲完那4颗门牙后，当天就被身边朋友数落，说没有原来可爱了，原来还有点像孙燕姿。我理都没理他们：“可爱是小女孩的时代，可是现在工作需要我端庄，那我就做出一些改变吧。”

那时很勇敢。不过现在回想起来，想打自己。

2007年某一天晚上，采访结束开车回单位时，在市区一个十字路口出了车祸，把一辆出租车的前引擎盖和保险杠全部撞飞。

那一刻我吓坏了，下车一看，还好人都没事，就松了一口气。这时，九点新闻的值班制片人不偏不倚，打来电话，让我直播连线介绍刚才采访的新闻。

我刚想说这里发生了一些事，等会儿再连线，结果制片人根本不给我说话的机会："我把直播信号切进来了，最后十秒，准备……"

从车祸中惊魂未定的我，瞬间又切换到半小时前刚拍那条新闻时欢天喜地场面里的我。声音还得喜庆，思维还得有逻辑……

我不得不装着什么事都没发生一样，淡定地做了两分钟电话连线报道。

挂了电话后，才想，不对，我刚刚才出了车祸啊！扭头一看，一旁的摄像在和出租车司机理论，快要吵起来了。

"不好意思，撞了你的车，是我们的责任就我们来赔，先拨打110听交警怎么处理吧。"

然后就给摄像交代了一句："制片人说这条稿子9点钟必须发，明天发就没时效了。我回去把稿子写了发了，你先留在这里处理。"

于是我这个"肇事司机"就跑了。留下摄像在现场给我收拾烂摊子。事情已经发生，已经造成损失，如果再影响工作又多了一层损失，我给摄像说，你就在现场撑着吧，我回去给你赚稿费去了。他在一旁抽烟，嗤嗤地笑。

那些年，相信每一个做过民生新闻的记者都感同身受，每天都会遇到很多的事情。天灾、人祸、死亡、背叛、血腥、别离、奇迹、感动……刚开始是害怕，后来麻木，直至能冷静地面对各种突发意外。

人生无常，但唯有前行。

有一次，上午刚刚采访了首富刘永好，红毯铺地、金碧辉煌、保镖贴身；下午又被安排去给低保户送温暖，狭窄逼仄的出租房，即使我们送的是一桶油，他们也开心不已。

那些日子，我大概就是在这样的反差和对比中寻找平衡，被动磨砺，练就了一颗勇敢又平常的心。

而好像没有人是天生勇敢的，勇敢是需要反复练习的。

没有人是天生勇敢的，勇敢是需要反复练习的。

机遇·大二开始买房

1 童年的家

人喜欢什么样的生活，小时候大概就能看出点端倪。小时候爱打扮，尽量把自己穿得漂漂亮亮，在家把自己的小房间也布置得不错。

小时候全家住在父亲单位分配的家属院，院子里都是一排排平房。那个年代，小镇上大部分人家里都没有什么像样的家具，电器大多是洗衣机和电视。那时，家里有三间房，给我分配了一间小卧室。

我的小房间里，有一张小木床，一张小书桌，一个大衣柜。墙上密密麻麻地贴着我在学校得的大红奖状，从小学到中学，大概得了20多张奖状。

每次家里来了客人，母亲都会把他们领到这面墙前参观并解说："这是我女儿从小到大得的奖状，这一排是第一名的奖状，这一排是第二名的……"解说完，她总会转头瞪我一眼，"不要骄傲自满，要再接再励！"

改革开放初期，农民最多，知识分子很少，有文化就是个宝，国家也需要。我就是在这样的环境里被念叨大的。她的念叨让我自律，乖孩子嘛，成绩优异，不会惹事。安安静静就长大了。

不知道为什么那时那么怕家长伤心，怕老师失望。好像，一切都是为了得到他们的肯定。

平房的墙面因为年代久远凹凸不平，有时还会掉灰。我用自己的零花钱买来画报，贴在墙上，装点它。画报里有当时很流行的小虎队、《新白娘子传奇》里的赵雅芝，还有一位日本女明星酒井法子，当时我也不知道酒井法子是谁，只是第一眼看见她清秀的样子，就想长大以后也可以成为这么优雅的女人。

在小房间里藏着一个小女孩的梦想。

书桌是我最常待的地方，每天趴在上面写作业，那个年代流行题海战术，所以书桌上总是码着一大摞课本和作业本，那个时代也没有什么装饰品，书桌上除了书就是笔。真记不起还有什么了。

我偶尔在外面摘点花，回家找个空酒瓶插上，等花朵枯萎了，就学着书本上教的方法，用花朵和树叶来做植物标本。植物课上，我记得老师把一片干枯的叶子拿出来说："来，让我们来观察植物的干、茎、叶脉……"我也悄悄把我做的标本拿出来。那时对世界是好奇的，还有把小蝌蚪养成大青蛙的经历……

我所做的这些事情，在母亲眼里，都是"正事不做，闲事有余"，她口中的正事只有唯一一样，就是好好学习，考上好的学校，国家分配一个好工作。

那时，工作和房子都是国家分配的，评判一个人是否成功，看国家给他分配的单位好不好，工资多不多，至于他有没有工作能力，倒是放在其次。

那时一到夏季就有很多蚊子，所以我的小床上挂着蚊帐。每晚睡觉前，都有一个固定动作，就是拿着大蒲扇把蚊帐里的蚊子全部赶跑。有一次，大姨来我家，她一边帮我赶蚊子，一边说："平房就是蚊子多，你姨父单位的宿舍在八楼，没有蚊子。"

大人们无意中给了我很多对比，所以我懂事时，我就知道我要离开小镇，去到远方。

2 大二开始买房

2000年，我进入大学校园。2002年，我开始在电视台做见习记者，因为可以独立完成稿件的采集编写，一样给我发工资，我开始能自己养活自己了。

上了大学以后，母亲就没有怎么理我了，让我自由发挥。当然她也有些失落，因为她最喜欢的国家包分配在1997年就停止了。

所以我才有机会读我喜欢的专业，在外面的世界里随意扑腾，而不受母亲的约束，去读师范学校或者去学医，她本以为老师和医生总是端着铁饭碗的。

国家不包分配后，自由公平竞争，对于没有背景的孩子来说也是件好事。

我还不到二十岁，有了收入，还有几万元存款。那个年代，记者还算有点地位，各种收入也不错。

有一天，我在成都南门闲逛，本来是去买衣服，结果恰巧遇到那里的一个新楼盘开盘，那天看房的人不多，我几乎是被售楼小姐拽进去凑数的，又被她拽去看了样板间。

好漂亮啊，但感觉自己买不起。

她耐心地跟我核算："我们这里最小的户型41平米，单价3100元一平米，算下来总价才12万多元，我们最低首付可以做到两成，也就是首付只需要两万多元，就可以买下这套房。"

我一听说首付才两万多元，想到我卡上有三万多元存款啊！于是当场就刷卡买了一套。按理说买房应该看看周围环境吧，我没看，靠感觉，感觉这里是繁华地带应该没错。

我几分钟就做了决定，比买菜还快。不考虑后果，只凭喜欢，是当时幼稚的我一大特点。

晚上把购房合同拿回家，才发现给自己背了一个很大的包袱。首付给了，装修费又在哪里呢？每个月的月供我能一直还得上吗？我才二十岁，还是个学生，万一毕业后又不在这座城市工作呢？

我甚至没有把这件事情告诉家人，因为他们觉得向银行贷款是很严重的事。

开发商给我办贷款时要我的收入证明，我说："我还没有毕业，开不到正式工资证明啊？"售楼小姐教我："你随便找你朋友的公司，开个工资证明我负责帮你办好。"

2000年初期，贷款容易办，房子不限购，首付也低。大量新楼盘涌现，售楼小姐也极力想把房子推销出去。

当我开心的把自己的买房经历告诉一个好朋友时，她好像觉得我受骗了："小姐，你自己还在做新闻，你随便翻开一张报纸的房地产广告版看看，这座城市哪有超过3000元一平方米的房子，全部都是1000多元、2000多元；你那个地方哪里值3100元一平方米，你是上当受骗了吧！"

听完她的话，我甚至都觉得自己上当了，买到高价房了，只好低声回答了她一句："那个小区环境挺好的，有个游泳池，我挺喜欢的。"

没想到几个月后，还没交房，突然接到一个自称是房屋中介大姐打来的电话，她问我是否购买了某某花园的住房，如果买了，可以在她那里挂出来卖，现在涨了不少。

这是我人生中的第一套房，那时在读戴安娜的传记，我都想好了要装修成英伦风。

可是，这位房屋中介大姐没事就给我打电话，劝我把这套房子卖了，赚点差价，再买更大更好的。

我想：这不是折腾吗？房子买来就是自己住的，买了又卖，多麻烦啊！

后来有一天，路过我购房的那个小区，刚好她又打来电话，约我聊聊。

她是一个很和蔼的大姐，大约三十多岁，就在街口和她的妹妹合开了一家房屋中介。为了省房租，她把那间商铺的另一半租给了卖杂货的。剩下的一半，摆了一张桌子、一张沙发、一台饮水机，墙上贴满了各种房产广告，就开起了房产中介公司。

“我们以前都是给其他中介老板打工的，做了好几年二手房买卖，对这片市场还是比较熟悉的。现在自己出来创业开店，顾客还不多，靠自己慢慢积累。”她诚诚恳恳，让我愿意和她聊天。

在她的游说下，我把这套刚拿到钥匙的小房子倒卖了，赚了一些差价。这时我手上就有十万块的存款了，又在这位大姐的推荐下，拿着这十万块，去买了两套小户型，然后，又听大姐的话涨了一点又卖掉。

大姐很会利用客户资金，有耐心，吃苦耐劳，没过几年，就到郊区去开发房产了。

在这里和大家分享一段话：年轻人去赚钱，钱不光是钱，还是更多的机遇，更大的平台，追求梦想的经济基础和人格自由的可能性。

3 勇气也是必须的

之前说我受骗的那位朋友，一直觉得房价高，一直在买与不买之间徘徊，她一直跟我说：女孩不用买房，那是男人的事，结婚时男方自然会把房子准备好。

不久后，她结婚了，躺在200平米的豪宅里给我打电话：“走，去买迪奥。”

“一堆房贷，买什么迪奥，暂时用一下大宝吧。”我呵呵呵地笑。

生活没有对比就没有伤害呀。

“你说你为什么要把自己弄得那么累，一个女人有必要吗？轻松一点好不好？”她苦口婆心。

“闲着浪费，baby。”我也说得出口。

“好吧，你牛。我打麻将去了。”她也很有趣，毫不掩饰自己的追求。

后来，她离婚又结婚，还住在那套200平米的豪宅里。每天打麻将，乌烟瘴气的，像个混世魔王，还好混得有吃有穿。她自己心满意足，也算不错。

这个时代，对美女真是无比宽容的。

重置·离开体制

从2002年到四川电视台实习开始，到2013年正式离开，在这个集体整整待了11年。这11年都没有换过工作，所以当有一天想离开时，感觉好像是结束一场初恋。

人生活在小城市没有关系，但是应该有自己的志趣和保持对事物的新鲜感。

2008年，结束了北京奥运会报道后，我去中国传媒大学进修了两年。期间，又去了国外游学。大概是怀着一颗好奇的心，想看看外面的世界。

在外面，我感受到了自由，没有人际关系的束缚，没有萦绕耳边的八卦，没有太多的场面话。空间感的扩大，使得内心更加宽阔和包容。

走了一圈，回到单位上班。以前总是在看采访对象、采访事件的短板、批评、指正，咄咄逼人或者粉饰太平。再回来时，看问题的视角宽泛了很多，对于世界，没有那么多正确和不正确。即便如此，这也不是媒体人应有的角度，慢慢变得不喜欢批评

只此一路行走多时，转弯时发现一条更宽的路。

人，也不再好为人师地指导、指正新闻事件中的人或事。

以前觉得记者是可以做一辈子的，不过几年做下来，发现是有规律可循。网络社交媒体的兴起，传统媒体收视份额下滑，平台资源被压缩，想象接下来的人生，可能是复制粘贴，就心生倦意。我崇尚自由的生活，并不喜欢约束，便渐渐萌生了退意。

“自由不是游手好闲，不是漫无目的，而是找到让自己最舒服的方式做有价值的事。顺从内心的时刻就是自由。”

“如果你认为现在的生活对于十年后你期待的生活是有意义和价值的，比如经验，比如积累，那你就坚持。如果你觉得十年后的生活也不过是这样，你只是在等待一个机会或运气的话，那不如趁早放弃现在的工作，任何一个每天都会变得不太一样，而不是等待、希望自己变得不一样。”——《谁的青春不迷茫》

家人开始并不太赞同我辞职，大约是觉得这份工作比较稳定。

听过一句话：“大多数的所谓稳定就是稳定的穷着。”

观察了一下，基本定律就是这样。

后来，香港有一个工作机会，我只能给领导请假，于是，头也不回地走了。

其实，离开的那一刻，我就知道我应该不会再回去了，只是给自己和家人一个缓冲时间。

当跟朋友说自己要离开时，立马有人说我是个傻子，说我在这里经营了这么多年的工作和关系都不要了。我当时想了想，在这座城市生活十三年，到底有哪些“关系”，无非就是熟人多一点，在哪里办事可以快一些。有时，关系是一种惰性，阻止自己去开拓更好的生活。而且自己做不大，关系也会越来越没有用。我内心也反感因为利益而维护的关系。

大概也源于我人生中的一场变故。2009年，在北京读书时，先后遭遇了两位亲人的离世，我去送他们最后一程的时候，阿姨对我说："其实你父亲人虽然走了，但是灵魂还在。"我那几天都在想，灵魂到底在哪里，我想看到它。

而事实，我什么都没看到。在父亲下葬那天，他的骨灰与土地在一起，我回到了家，一个时代和一个人的一生就这样结束了。在尘世间，没有留下什么。

《圣经》上说的"尘归尘，土归土"，人来自于尘土，必将归于尘土，就是这样了。

亲人的离世，也让我开始关注健康，重新思考自己的人生。那一刻我想成为一个自由的人，应该不依附于任何一种体制和机构，能自由而快乐地生活。

我的大姨和大姨父，或者说我的好几个亲戚，他们一辈子都生活在体制内，小时候，我觉得他们是军工企业员工，有很好的福利，很厉害。长大后，再看他们，却觉得他们的世界很小，一辈子都在工厂大院里。体制这个东西，反而限制了你想成为一个什么样的人。

历史原因，上一辈人常常没有安全感，需要体制或关系来

“保护”自己，当蜷缩在这些外壳中时，稳定就能给生活带来安全。这是无可厚非的，因为曾经对大多数中国人来说，温饱都还是个问题。可如今，有了自己选择的机会，体制外有更多的可能性，就算前途不那么明朗，我也愿意去尝试。

我特别赞同一段话：我们的社会再也不是一个金字塔，而是一个仙人球，它的表面积越来越大，任何一个人只要找出一个地方扎出一根刺，就是珠穆朗玛峰。价值体系的多元化，才是让每个人都拿到自我实现入场券的门票，才是把我们所认为“hard模式”的人生，往easy方向引的最佳方式。草根也可以成为那座珠穆朗玛峰。

然而出发的时候真的有那么轻松吗？我明显感觉到了留恋。所有往日所痛恨的所烦恼的，都在那一瞬间畅通。不过，我愿意尝试一切可能。

我没有再回去。有时后悔自己“下海”太晚，如果那个选择能够提前三年，甚至五年，人生也许会更广阔些。

去哪里和做什么其实都不重要，能够跳出羁绊本身已经是摆脱束缚的第一步，从此便会知道外面的世界广袤无边，而世上有那么多人正过着你想象力无法触及的生活。

重置，于生活而言，意味着敢于反思自己的过去，重启内心对梦想的尝试。云卷云舒，生活中的风景时刻幻化，每次转身，总会际遇不同的时刻。

人际关系·安静的原因

我长了一张外向的脸，但并不擅长与人相处。

最近一位朋友的评价，我感觉还挺到位的，他说："我觉得你就像女版王石，人很单纯，就是处事的方法不对，让人觉得有点高冷，所以做出来的事情影响了结果。"

总之，我情商很低，老话说的在宫斗戏里，最多活三集。

现在呀，我想成为一个温和而又蕙质兰心的女人，于是渐渐把自己的那些倔脾气啊，自尊心啊，一点点地往外扔……

大部分时间喜欢一个人安静地呆着。

读书的时候，每天就默默读书，也没有什么可以处理的人际关系。后来工作了，看得很远，始终觉得业务能力比关系重要。那时想象，我应该做一个像那个年代的白岩松、崔永元那样靠业务能力有一席之地的新闻人。

"真正能够保护你的不是什么背景、关系、抱团、人情世故，进入一家公司，你最好搞清楚对这家公司来说最重要的是什么？

“是钱？是渠道？是内容？只要你能解决这家公司的刚需，你就是最有价值的人。”

也无须把时间浪费在取悦每一个环节和领导同事，从长远来看，它只能让你慢慢变成生活的弱者。

通过阅读得知了这些观点，也可能因为心在远方……

我内心是想和每一个人都成为朋友，但又找不到切入口。害羞，不好意思硬生生地就扑上去叫对方“亲爱的”，也不喜欢说一些虚伪或恭维的话，希望友谊和情感是自然生发的。

以前每天一到单位，就会启动新闻模式。走路在想稿子，上厕所在想稿子，中午吃盒饭时依然在想稿子。低头想事时，常常会忘了和身边擦身而过的人打招呼，也顾不得和张小姐王先生聊服装，聊育儿，聊这个和那个又恋爱了，觉得这些毫无意义。

我怕自己落入世俗，怕自己不进步被社会抛弃。

四川人喜欢打麻将，我不会，也不想学。如果硬坐在那旦和他们打麻将、喝酒聊天，也难免话不投机。

一个很奇怪的办公室文化，只要不努力，就能和大家一起心安理得地嘲笑那些用力过猛的人，也能为自己每一次不尽人意的结果找借口。现实中，有很多人不敢努力，不是怕累，而是怕被孤立。

你可以不理解，但我反正也不在乎。我的个人选择不欠任何人一个解释或者说明。享受自己的选择。

一个人的一生，无论是朋友、家人还是围观群众，都不会永远在，他们来来去去，最终陪伴你的只有你自己，而最终你为之效力的，也只有你自己，你不费力，别人也不太可能为你费力。

“你心里开始有自己的时候，才会越来越不愿去做无意义的事，不会去打听他人的隐私，不会去讨论无关人的绯闻，不会去在意不重要的人对自己的评价，不会因为突如其来的挫折而忘记自己的初衷。”我大约是找到了这样的借口。

后来也发现人际关系是“处”出来的，如果不去“处”，就没有印象，没有评价，甚至会杜撰一些故事出来，因为他和你没有感情，轻描淡写地附加上去，随口说出不中听的话他也觉得无关大碍，于己无害。

有一天，一位制片人对我说：“小金，我很奇怪，为什么你的采访对象在你的镜头面前就像他在家照镜子一样自然，对你没有防备，和你相处很好。而生活中又有人会说你清高。”后来我想想，很简单，对于采访对象，是我的工作，我用心并且花了时间与他沟通，取得了他的信任；而对于一些其他关系，我并没有花时间和他们相处。

“在上司那里，不苛求什么，便无须看其脸色；在同事那里，不争斗什么，自然不必费尽心思周旋。这么说，并不意味着人生什么都不要了，而是想要你明白，若不是放下所有，就不会有所解脱。”

思考一下，你到底需要什么。

人这一辈子就是这样，生命很短，你和谁在一起舒服，那你就和他多待一会儿。如果所谓的人际关系老是给你招来是非，消耗你的精力，那么，我个人的建议是，最好抽离。

在社交里那些带着明显目的的交流，让我们无端背负一些沉重的对话，活在一种疲惫的表演之中，直到消耗完最后一丝热情。

只是……

不想说话的时候，我会戴上口罩，

不想看见的时候，我会戴上眼罩，

不想听见的时候，我会戴上耳塞，

但混乱的消息还是会一点一点地渗进我的脑袋，

我只好用保鲜膜将脑袋包好，

放进冰箱急速冷冻。

…………

和周遭较劲儿

下午偶然看到大鹏的新书《先成为自己的英雄》，忽然觉得找到了同类。

“她说没有人可以决定你的每件事，你没有发现你在拍《屌丝男士》的时候，即使已经有制片人了，大家依然什么事都必须得问清楚你，才敢执行吗？你每天把自己搞得那么累，演员配音你也去，画面调色你也去，场地勘景你也去，剪辑都是自己在剪，洗把脸就开工，回到家都是一两点，干嘛把自己搞得那么累？

“合作伙伴觉得我不信任她，我当时觉得有点伤心。但其实我完全懂得她为我做的一切。可是这么多年来，如果不是我竭尽全力对每件事都投入和认真，那么我为什么会成为大鹏？

“我有什么？拼天赋我拼不过别人，拼背景我哪有什么背景？我看到有人在网上讨论我有什么背景，一会儿说我是赵本山的徒弟，一会儿说我家里有钱，才可以请来那么多大腕，连范冰冰都来了。但其实我真的只是一个平凡的普通人。

“我能够做的就是做好每一件我能够做的事。

“这几年，我成长得算快，都是在拿时间拼速度。

“我非常信任我的合作伙伴，如果被说成不信任，我会很难过。”

我是一名负责的打工妹，当手上有一个选题，也是从前期采访、画面、声音、结构、节奏、特技等等细节，每个环节都要去盯的操心命。

一个人到一个陌生的城市，想要在某一个行业有一席之地，自身又很平凡和普通，也没有什么背景和资源，只有靠自己的努力，多花一些时间和精力，在细节上和别人不一样。

而所有事物都是细节上的差别。

以前有点轴，比如和我合作的同事，我希望他在工作时和我一样投入，全力去完成这条新闻。有一次，摄像拍得有些敷衍，我建议多补一些空镜头，但他说：“你没必要这么较真，这只不过是一条新闻而已，今天播了就没有了，就过去了……”他说得也对，新闻是快餐，今天播了就没有了，明天又是明天的，得向前看。

但是有一天，学校比较爱护我的老师特别打电话来提醒我：“对于一个新人来说，这条新闻标的是你的名字，就代表你的能力。如果你始终按照‘它只不过是一条快餐新闻而已’这样的思路去做，那么，每天你都是这样的状态——它只不过是一条新闻而已。长此下来，每天都是这样，不会进步。还给人造成既定的形象。”

没错。

和周遭较劲儿是一件痛苦的事儿。后来，我想也对，他是他，我是我，我们每个人都有自己的情绪，也应该尊重每个人的表达和意愿。

初入职场很青涩，只会分辨绝对的对与错，当用要求自己的方式去要求周围人时，辛苦的不仅是旁人，自己也会委屈并收获甚微。

在看到大鹏这一段，“有没有怀才不遇这件事情”时，我和他的观点一样，我认为这个行业是很难掩饰住一个人光芒的行业，你充满了才华，老板当然要用你，因为你可以减轻他的工作负担，可以帮他创造业绩；他为什么不用你？答案就是你还没有具备可以让老板用你的能力。

只是甘于路过是一种境界，我是平凡，生命总希望留下些什么，才算有价值。

多年后，
你还会喜欢自己吗?

让我一个人待一会儿

从小到大，遇到困难时，解决的方法都是“让我一个人待一会儿”。

内向的人儿是不是都这样？

很少向人倾诉。当遇到一些烦心事时，通常解决的流程是：把自己关在房间里，去想解决的办法，事情实在糟糕透顶时，干脆就蒙头大睡，一觉睡醒后烟消云散。

时间是解决问题的好办法。很多事情，实在解决不了就放一放，最后发现，也不是寸步难行。

2004年正值毕业前夕，所见习的栏目制片人有一天突然对我说：“你真的很优秀，但是我们这个栏目今年没有进新人的计划，我想把你留下来，但没有名额。”听完他的话，回到家里，我开始有些焦虑。

那段时间的压力很大，也许没人知道，马上毕业了，喜欢的工作忽然没了着落，每月还有房贷要还。那年的整个三月，看天都是灰的，但是白天还得装作什么都没发生，继续工作。

办公室里，一个仅高中毕业的职工子弟，整天插科打诨，最后也顺利成了正式记者。

自由和平等是相对而言。享受背后付出的必然是艰辛。

当事情没法处理时，就只能按部就班前行。那段时间，麻木不仁，常常一个人在家发呆。发完呆，又看看书，书里有不同的世界，我在其中寻找安宁。

到了四月，突然多出几个机会，而且都比之前的好。就像阿甘说的一样，“生活就像一盒巧克力，你永远也不会知道下一刻会发生什么事情。”

人在安静的时候力量最大，在浮躁的时候反而没有思考能力。

有一次在家里，肚子疼得翻江倒海，一直忍，希望能好起来，但最后实在忍不了了，找谁帮忙呢？我自己用手机拨打了120。救护车呼啸而至，拉到医院打针输液，干脆利落，最后也没发生什么事情。很多事情自己挺过来后，处理起来就越来越有经验了，内心也就越来越强大。

平时，我给朋友留下的印象总是笑呵呵的，好像从来没遇到过什么麻烦事，最严重的事情应该是掉了几根眼睫毛。但事实是，不论什么事，我私下都消化掉了。不喜欢麻烦人，也不喜欢生活中填满了负面、抱怨的情绪，希望坏消息就在我这里终止，越快越好。

人生最曼妙的风景，是内心的从容与淡定。从容地投入生活，无论前进和后退，都身姿挺拔。

一段路途·北上

在所在的那个平台，好像我取得了一点成绩。后来越来越累，得到了越多的自己，就失去了越多的他人。

2008年，结束完北京奥运会报道后，我提着三大箱行李，带着跟了我两年的保姆阿姨去北京读书了。带她，是因为她不想离开我，她对我说："姑娘，你读书把我也带着吧，我工资也不高，给你做饭，比你在外面吃饭还便宜健康。"我想了一下也对，工作几年，经常风餐露宿，身上多少有些毛病。

她跟着我一起，帮我做做饭，调理调理身体也好。可是，阿姨在北京还没待两个月，就受不了北京干燥的气候，天天流鼻血。后来，她对我说："我想家了，想回去带我的孙子了。"我只好给她买了回程票，让她回家了。

每个人都习惯生活在自己熟悉的环境里。

在事业的上升期，我离开单位去读书在很多人看来是一个无法理喻的选择。在离开前，和上司吃了一顿饭，他说："你也太上进了吧，读什么书啊，其实做新闻这一行，不需要读那么多书，实践经验最好。你说你读那么多书做什么，可能回来大家都不记得你了。”

可是我去意已决，这好像是自己需要在人生中去经历的一段路程，我也不知道未来会发生什么，但是面对未知，我想去经历。

boss一直对我不错。当我拿着学校的录取通知书去他办公室时，我以为他不会批准我的假期。结果，他看了我的录取通知书后，说：“你去读吧，我给你假期，但是读完了书，一定要回来，你不回来的话，就对不起我了！你是频道的主力。”

我当时很感动，所以后来我回去了。

我在二十五岁时明白，人应该在每个阶段做每个阶段的事，不是一成不变的。时间、空间每一刻都在流转，你无法预知未来会发生什么。

二十几岁时，好像从来没有停止要去看看外面世界的想法。申请过美国的大学，请在美国的朋友给我写过推荐信，无疾而终后，又转战国内学校。一直很有危机感，又想变得更好，告诉自己不能当井底之蛙，得进步。

读书这件事在我的心里很正面，它意味着改变与提升，也给自己一个缓冲和休息的时间。现在微博上有的朋友会私信问我：“小金姐，我在体制内工作了好几年，没有变化，没有进步，看不到未来，我也想像你一样，出去深造一下，寻求新的方向。”

遇到过谁，
失去过什么，
嘘，
镜花水月，
那是幻觉——
怎来得赤脚行走在路上的踏实，
泥巴溢进脚丫的快乐。

我常这样回答他们，遵从你的内心，按照自己的方式去选择。当然，你得有能力去承载。当我决定去读书时，我算了一下口袋里的积蓄，它够我两年不工作也能活得自如。所以，女人要学会储蓄，口袋有余粮，心里才不慌。

去了北京，首先给自己在学校里租了套房子，再去办了张健身卡，写了一个学习计划，主要列出了四点：一、把普通话练好；二、要让自己的新闻更有深度，多阅读经典书，提升文化修养；三、把身体锻炼好，毕业后才有力气再战斗；四、自己情商低，可不可以顺便练习一下。

一学期下来，我感觉读的是电影系。有位老师上课的时候给我们说："提高艺术修养要多看世界名片，学校北大门有家音像店，能淘到外面买不到的影碟。"

听起来好神秘，我火速入了坑。下课就直奔小音像店。哎呀，真是见了世面，从奥斯卡的经典老电影到国外一些禁片，市面上没有的，小音像店都有。

我租了一大堆回去，同学叫出去吃饭不去了，最爱的逛街也不去了。每天窝在宿舍里看大片，把音像店里感兴趣的电影借了个遍。胖老板每次见我来了就笑："租碟子的那个妞来了。"两周就变成大客户。

电影也来源于生活，一下学会了好多人情世故。画面剪辑，台词处理，最后感觉自己都能去拍电影了。

新鲜的事物不断练习也能成专家。

前面说到不是要训练情商嘛，好吧，同学邀请我去工体的酒吧玩，我就去吧。可怜的我，自认为以前活得很正确，在那个时候才体会到喝酒的乐趣，原来它会让你兴奋，并暂时忘却不快乐。以前老看不惯喝酒抽烟的女孩，后来自己也跟着喝几口，也能接受了。

在北京，我观察同学们想什么、看什么，他为什么说那句话给我听，以前，我的脑子里只听得进采访对象对我说什么，因为那是有目的性的，比较忽略身边的人在说什么。经过半年的观察，我终于明白，人际关系就是你们有共同的追求爱好，在一起很愉悦，能够互相帮助，互相支持。双方付出不平衡，这个关系就难以维持。

情商训练，让我更认清现实，不像以前活得那么梦幻和自我。有一天课间，同学A对B说："你今天这条项链好好看。"B明显感觉出了她对这条项链的爱意，于是马上取下脖子上的项链："送给你，我再去买一条。不贵的。"A有点不好意思地收下，风趣地说："你这学期的饭，我包了。"

后来，她们关系很好，礼尚往来。一根三五千的项链收获了一生的友谊，我觉得这是很美好的事情。她第一时间传达的信息是："我认可你，我的东西可以给你。"

情商或许就是在适当的时候，对别人的敏感超过对自己。

你是谁，便会遇见谁。

和我合租公寓的那个女孩，她在某大学播音系当了两年老师，又回来读研究生。她是当年某市的文科状元，给了我很多启发。

她辞掉了让人羡慕的大学老师公职，我问她，为什么要辞职呢？她说："每天在高校里，被一些不能证明你真正能力的琐事所烦扰，还要日复一日地重复着那些工作，我才二十六岁，生活不应该这样。"

她辞职出来读书，也不知道未来要做什么。那时，她又想去香港读博士了，于是每天忙着在网上申请香港某大学的语言学博士。她轻描淡写地对我说："趁现在还有读书的欲望，就去读。真怕有一天被儿女情长、油盐柴米的生活牵绊住，不思进取。"后来，她如愿以偿地去香港读了博士，认识了从华尔街回来的先生，情投意合，生活美满。"相比以前在大学任教的生活，现在更自由一些，给自己很多时间去学习花艺，绘画，旅行，陪伴家人。"她说。

那年，我也二十六岁，想想这个资质已经不错的女孩为了追求自由的空气，都如此洒脱，我也开始了自己的游学之旅。那段时间，我去了很多国家旅行，看到了不同人的生活方式，才有了后来的际遇。工作几年之后再出去进修，是我做的最正确的决定。

假如有一天，

我可以自由自在做我想做的事，

我可以完全不在乎别人的想法，

我可以随心所欲实现梦想，

那么，我会做什么？

假如有一天……

你在想吗？

流转·封闭式写作

国内的旅游目的地，我比较喜欢云南。一年四季宜人的气候，和川菜很接近的云南菜，少数民族风情……这些都是我喜欢的。

2013年，为了磨这本书的书稿，我背着电脑，拉了一箱纸质书，就奔向云南双廊了。

这次出门，写作放在第一位，旅行位居其次。在城市里，各种繁杂的事务太多，有点静不下心来整理稿件，一直拖拖沓沓。这次出门好像是把自己扔在一个孤岛上，安安静静地写点字。

选择双廊无疑是对的，那里没有太多的景点需要我们去逛，整个白族小镇上都是密密麻麻的客栈，一间接着一间，风格各异。来这里的人，不爱运动的都窝在客栈里，找个好位置晒太阳、发呆；运动型的游客，通常会租上一辆自行车，环洱海骑行。除此之外，就没有什么新鲜的玩法了。

我喜欢看建筑、艺术。双廊的每一间客栈，都好像是一个独立的艺术品，客栈的主人有当地的文人，有白族原住民，有从城市隐退而来的白领、画家、导演、作家、商人……这样一群艺术造诣不同的人，他们用自己的审美观，在这个小镇上，修建出品味、情调各异的“居室”。

我预定了杨丽萍艺术酒店，一直比较欣赏独立女性。那时，大约是带着她的那句话去的：“有些人的生命是为了传宗接代，有些是享受，有些是体验，有些是旁观。我是生命的旁观者，我来世上，就是看一棵树怎么生长，河水怎么流，白云怎么飘，甘露怎么凝结。”

那段时间，我在思考女人与婚姻与生育的一些问题。世间的看法是，每个女人都必须有一个能干的丈夫、可爱的孩子，才算得上成功和圆满。女人到了二十五六岁，就匆匆开始考虑结婚生孩子的事。

事业成功的女人，是把她生孩子、结婚、谈情说爱的时间，一生都用来做同一件事情，最后她成就了自己。这是舞者杨丽萍，企业家董明珠。

女人生孩子是牺牲和奉献，牺牲了身材、自己的时间和精力；因为我们都喜欢自己的骨肉血亲，所以心甘情愿地付出，最后也不会用“牺牲”这个词语了，而是乐在其中。

孔雀公主在我心目中是不食人间烟火的女子，另外大多数女子，大概就是按照世间既有的道路：读书、工作、结婚、生子……周围人怎么样，就跟着活成一样。每个人条件不同，抛

嗯，

就喜欢白和蝴蝶结。

不开世俗。

我大概是想从这两类女子当中，寻找到一个平衡点。来到世间，想靠自己的努力证明一下自己，不以找到一个成功的丈夫为炫耀的资本，不以生了儿子为人生的归属，而是一直想把“少女时代关于梦想和事业”的那片净土保持下去。它和家庭、婚姻、孩子没有关系，是始终作为一名既有独立事业又依赖家庭的女性，存在于世间。

年少时，我对婚姻的恐惧大抵是承受不了那么多的热闹，七大姑八大姨一大堆关系要去梳理，想想都头疼。我二十一岁就有机会结婚，但那时，为一个又一个的采访而忙碌，并乐此不疲。那段时间接到一个新的offer，是我的一个转折点，很矛盾。在那个小岛上，在杨的酒店，一个人住了半个月，白天整理书稿，晚上看书写字思考人生。

午餐和晚餐，是我和当地人交集的时间，我喜欢去当地白族阿妈家的餐馆吃家常菜，喜欢看白族老妈妈画画。那里自然有很多关于杨的传说。有人说，她是家乡的骄傲，了不起的舞者；也有人替她惋惜说她辛苦赚那么多钱，没有一个后代来继承。捐给社会不是更大的福报吗？

似乎每个人看待事物，都是从“我”的角度出发，“我”的见解、“我”的看法、“我”的逻辑，这个“我”仅代表他所看到的世界和高度。80%的人在世俗和大道理下生活，他们相互影响、“指引”，难以理解，无法沟通，也很难说出对错。

看得更多时，我只能对自己说，包容所有。

对于闯荡世界的女人，别人的评价已经微不足道。

我记得那句话，“她小时候家里穷的连鞋子都穿不上，靠着自己，一步一步走到了今天”。在玉几岛的那半个月，我每日观山看海，居然完成了这本书大约3万字的初稿，也算圆满。

不管你有一分钱或腰缠万贯，

不管你是一只蚂蚁，还是上帝。

我愿意翘盼。

安然地醉酒微醺。

从前的生活，那种天长地久的氛围，当时的人是不知觉的。（2013年摄于双廊）

清楚认识自己

表弟在基金公司工作，他常常让我给他推荐客户。有一天，我问他："如果我给你推荐一个朋友，买了你100万元的理财产品，你能得到多少奖金？"

他答："三四千吧。"

"那这三四千，我一会儿直接转账给你好了。"

我当然愿意帮助刚刚步入社会，人脉资源不多的亲人。但是，我面浅，做不了朋友的生意；二来，我大部分朋友处在食物链的顶端，都是负责发行这些基金的，他们有很多的理财方式，我再去给他们说：你把这笔钱去买这个理财产品，一年有7%的收益，觉得很滑稽。

让朋友陷入僵局，时间会告诉你，是在透支人品。

所以这件事大约是这样，给比我有钱的人推荐理财产品，感觉是班门弄斧；给比我穷的人推荐，或许他们是真的需要，但金融市场千变万化，再大的公司都有倒闭的可能。所以，不推荐就不必为别人的财富提心吊胆。

每个人在世间、在别人心中，都有一个固有的形象。如果你做不靠谱的事，别人慢慢就会疏远你。有时听投资人说："我不想投他，因为他不是一个能把公司做上市的人。"

大部分人看人做事，所以一言一行其实是那么重要。男人的一言一行，关乎事业和在社会上的立足。女人的一言一行，除了事业，还关乎嫁人。没有人愿意和一个踩在棉花上生活的人共结连理。

受到过伤害，有一段时间把自己关闭在无菌室里，不愿与不喜欢的人和事过多接触。因为小时候，父母把我送进封闭式学校里，只关注我的学习成绩，很少教我如何与人相处。所以，长大了不会。

小学时代的某一天，放学回家，我给妈妈说："周六我要去参加同学的生日聚会，你给我一些零花钱吧，我要买个礼物送给她。"

她马上说："周末你就要在家看书写作业，大晚上的，一个女孩出去参加聚会，既不安全又浪费时间。"

"不行的，如果我不去参加聚会，可能会被他们隔离。"

"隔离什么？你花更多的时间学习，成绩好了，考到更好的学校去，过更好的生活，是你隔离他们。"

好像小时候，爱、兴趣、社交统统被剥夺，因为要考试。

因此人际关系于我而言，好像飘在空中，摸不着看不见。初入社会后，我得到不少朋友的提携和帮助，才知道人并不是孤立存在的。但也不是去讨好每一个人，应该有相同的温度和频道，才能互动起来。

所以，你们一定要把自己的孩子放出去和不同性格的小朋友交流，这样长大了就不会像我这么傻了。

前几天参加一个聚会，看见一个不足二十岁的女孩，因为在饭桌上被称为美女而一直乐滋滋，并四处问："我真的很美吗？"问了一个晚上。

哎呀，美女是个通用词。女人优秀美丽智慧都是这个时代的标配。善良吗，有与众不同的特色吗，才是重要的。

常常发现自己的一些习惯
在发生着变化，
随着时间的变化，
以前拒绝的，
现在尝试着接受，
以前热衷的，
却发现失去了温度。
时间永远是对的。

SHIJIANKANDEJIAN

关于生活

我们的存在

思维的笔记·北京

今年，因为工作，来了两次北京，忽然对北京的印象变好了。人才很多，办事效率越来越快，比起小香港，人力成本也低很多。

我之前在北京读了两年书，那是2008年，当时并不喜欢这座拥挤的城市。

当时在传媒大学上学，课余报了北京外国语学院的一个英语班。一个周五的早上，我8点钟到学校附近的地铁站，准备坐地铁去北外上课。

当我来到地铁站入口，吓了一大跳，第一次见这样的场面，大约几千人同时向狭小的入口涌去。他们表情呆板，有的还睡眼惺忪，然而每个人都不自觉地向前涌去。我呆呆地站在人群之后，对于即将到来的拥挤产生了一种恐惧感，于是落荒而逃。

走上地面开始寻找出租车，打算打车去学校，不过等了半个小时，也没见到一辆空车。放眼望去，路面上的出租车，身边呼啸而过的私家车，都有自己的方向和行程……

这时，学校门口一辆黑车司机主动与我搭讪：“姑娘，这会儿高峰期，你肯定打不到车，只有坐我的车！”于是，我只好坐上了他那辆破旧的小车。

那一天，给我的感触很多。一路上，看着这座庞大的城市、拥挤的人群，心想：如果有一天我留在了这座城市，会不会也成为他们中的一员。

那一刻，我忽然很想念家乡。在那里，我有车有房，有稳定的工作，一切都在舒适区。

我从小生活在南方，在家乡居住的小区是被花丛和树林拥抱的。来到北方，看到光秃秃的树干和落叶，忽然感到有些凄凉，这座城市的绿色植物太少。

那时，我不太喜欢这里。但是在这座城市，有中国最大的媒体，很好的文化氛围，心想应该能学到不少东西。来北京读书的时候，我还不到二十五岁，现在想来，那时的想法还比较幼稚。

比如，现在来北京办事，交通的烦扰和所要做的事相比已不足挂齿；去了很多地方，北京也有绿色植物较多、环境幽雅的小区。当然，此刻的我，已经学会欣赏每个城市不同的美。

成都虽然悠闲，但是文化底蕴、社会资源无法和首都媲美。香港比北京空气清新，也更西化，金融人才很多，但要发展内地市场，idea还是得去北京解决。城市和人一样，都有它擅长的一面和短板的一面，要学会平衡地看待。

二十五岁的时候是固执的，性格也没有现在开朗。在北京

你永远无法评判一个人，因为你没有经历过他的人生。

进修期间，我几乎天天窝在学校，除了上课就是在宿舍看影片，或者去健身，几乎很少加入北京的社交圈子。

那时常去杨二车娜姆在三里屯使馆区附近的家里呆着，她家里全是藏式家具，像个寺庙。慵懒地躺在客厅里那张藏式龙椅上，好像待在佛堂一样，听她和她的那帮思维奇特、着装另类的艺术家朋友们聊这个世界。

晚餐是她请来使馆区的厨师，在家做的西餐。西餐之后，我们就去三里屯附近的一家很擅长搞派对的新潮酒吧，酒吧里大多是老外，或者ABC，我本想在那里练练口语，但酒吧里酒劲发酵后的各种奇怪行为，让我只好端杯酒，默默坐在一旁，看着。

酒吧旁边是一家重庆妹子开的火锅店，晚上11点，从西洋派十足的酒吧出来，马上又走进热气腾腾、红油翻滚的火锅店，我们说着四川话，大快朵颐。

这里也许就是这样，一个端着红酒，系着红腰带的混合体。

那时我有点狭隘，老外的电话我不留，理由是我不想嫁给老外；“不规不矩”、凡是我看不惯的人，我一概不与交往。

可能是我做久了媒体工作，常常带着体制内一元化的是非观念，审视着周围每一个人的“政治面貌”，稍微有“不良气息”，就会将他排除在我的社交圈之外，很滑稽。

其实有很多“鬼才”，他们可能吸烟、嗜酒、好色，甚至有其他更严重的不良嗜好。当时，我往往看到他们的一点不好，就逃之夭夭，还来不及去了解、欣赏他们的才华。

在一个场合，我认识了一位画家，当时他正翘着二郎腿，坐在沙发上。他手上的雪茄一根接着一根，洋酒一杯又一杯，说话声音极大，脏话连篇，头发好像很久没有修理过，整个人看起来邋里邋遢。他很热情地和我攀谈，我却一直对他很敷衍。

当时我想，这样的画家画出来的应该是一团泥，跟他的生活一样混乱。

后来，我去看了一个画展，又遇到了他。他说他的画也在展出，我去看了一下，一幅油画下面标价六位数，离七位数不远了。而画本身从艺术的角度，真的不错。

后来，他带我去了他的工作室，热情地给我画了一幅肖像。画得很传神，后来我们成了好朋友。有很多这样名不见经传的“鬼才”，之前与我同校的几个北漂青年，当年其貌不扬，如今都成了有名的主持人。这些让我意识到，在判断一个人的时候，请多给自己一点时间。

二十五岁的时候，不喜欢北京，也因为这里没有我想要的环境和我喜欢的美食。这次，我住北京东三环的一家酒店，酒店附近有全国各地的美食，有川菜，有粤菜，有上海菜，有西餐。也意识到自己和这座城市，早已学会了海纳百川。

反省是可以给我们带来智慧。我们注意到自己一再掉入那种不断重复的固定模式里，也希望跳出窠臼。当然，我们也许还会掉入其中，但慢慢地我们可以跳出来，有所改变。

衣香

衣服是看不见的光，内在的光。每个人的独立性格借由衣服展露出来。

早晨，拉开衣橱，衣香扑面。新的一天来到，被包裹在舒软的衣裳里，迎接未知。物境与心境，物外与内心，融为一体……

女人要穿得好。

九月，从南方飞去北方出差。没过几日，天气渐凉，随身衣物都是夏季单品，便去商场选几件御寒衣物。

刚毕业时二十出头，喜欢去小店淘一些稀奇古怪的衣服，注重街上没人和我撞衫，注重花样、数量而非材质。那时喜欢穿牛仔裤和各式各样的衬衫，最多的时候家里有七十多条牛仔裤。

看见喜欢的就买，并不是每一件都精致和经得起时间的考量，有的刚买回家，还没上身，就不喜欢了。因为买来时便宜，淘汰起来也不心疼。最终有一天发现，一个大衣橱里，没有几件有分量而精致的。

后来，随时年龄的增长，开始关注身体的舒适度，发现衣橱里那些不透气的、紧绷的、束缚身体的衣物很少被触碰，哪怕它的款式很加分。

于是购买时，除了款式，开始关注材质、面料的成分、产地、品牌；最后连纽扣、缝线等配件的材质也会关注，渐渐的，一切粗糙之物也就淘汰了出来。

从成都离开去香港时，打开衣橱，大概有两百件衣物需要带走。但最后我一件都没带。并非不爱旧物，而是生活是否需要这么多物品？

推倒，重置，才有机会开启内心对梦想的尝试。

心灵在做减法的时候，对外物也在做减法。慢慢，开始用买十件衣服的钱转换为只买一件精致的，提高衣橱里衣服的使用率。衣橱里不再堆放一堆常年闲置的“废物”，居住的空间也清爽起来，人也精致许多。

我相信品牌的力量，买名牌衣物不是爱慕虚荣，而是对专业团队与经典的认可。这两年有机会接触到一些服装设计师，他们会给我说这件衣服后领及门襟、下摆都是纯手工制作，这一件是有车花工艺再结合手感细腻的松雀毛面料，这一件是纯植物染色再加三层提花，工艺复杂……万物美丽皆有它的因果。

国内品牌我常光顾的是“例外”，因为它简洁、大方、独立、干练，用料天然。衣服是我们的第二层皮肤，我们通过触觉传达一种自信，是由内而外发散出来的，它通过你的每一个

白色裹着夏的浪漫。

毛孔，每一寸肌肤来感受。

Chanel、Dior的优雅，Dolce & Gabbana的复古，DVF裹身裙的小性感，MaxMara的女人味，Burberry的英伦风，夏姿陈的中国风……这是我这两年热衷光顾的品牌。品位是在不断犯错中提升的。

我喜欢和艺术家交流，一来是对生活中所有美好的事物都好奇与欣赏，再者生活是门艺术，其中深刻的连接，在物件中、形态中、光影里，顷刻间，存在于寻找美的眼睛中。

都市中的牧者生活，是探寻内心所向。或柔或刚，或优雅或出走。对于穿衣服的人，每件衣服都有它的属性，它的触感，它的肌理，它的形状，它的温度……独立又自在，潇洒又亲和，以服装为载体，呈现了我们丰富的内心世界。

对生活的热爱，对内在的关注，对自我的从容，对生命的感悟，一连串的共鸣，造就了我们对外在的选择，服装也是表达情感与个人意识的媒介，成年女性不必吝惜给自己添置几件好衣物。

女性是属于自己的，生活是不受束缚的，不忘生活的柔情与细腻，用一种旅行的心情与态度，感知周围生活的细腻与美好。美丽无需张扬，总在恰当之处，动人心魄。

过节

这次中秋在北京封闭式写作，仅仅是不想打断这次写作，没有回去陪母亲过节，我想我是自私的。当然，其实对家人我是极其孝顺的，对他们的爱，散落在生活的每一刻。

我不善表达，如果我在外地，连电话也很少打回家。但在家里的妈妈，可以隔三差五地收到我在网上给她订购的油、盐、米、时令水果……太笨重的东西不想让她提，所以就直接从网上订购，让快递送上门；平时她舍不得买的，也直接买了快递给她。她在家里几乎每天都在收快递，我以为这是我的孝心，不过前两天，微博上已经说，现在很多年轻人用快递取代了亲情，我开始反省。

做新闻的人是没有节日的。就像前两天听宁静说："我们这些拍戏的人是没有节日的，一年365天都在剧组，四海为家。"也是，带领着几百号人的剧组不会因为某一天的节日而停工；有时候，搞艺术的人也有这个习惯，一段时间把自己扔进某个角色或氛围里，安心创作，不想受到外界的干扰。

抛开工作，我本身也不是一个爱过节的人。我有一个朋友，她每年都会给自己举行一个盛大的生日派对，请很多人去为她祝福。

我好害怕这样的场面，从来没有为自己举行过生日派对。每次过生日最多悄悄和家人吃顿饭，也不想告诉身边的朋友。我一遇到大的场面，特别是为自己而准备的场面，就害羞，不想成为一场活动的中心。也担心如果自己举办这样的派对，不能把每位朋友都照顾好；或者如果朋友与朋友坐在一起没有话说，我看着，尴尬症会不会犯。

可能我想多了，骨子里我不爱热闹。有时候我去参加一些派对，只是喜欢在派对上遇到有意思、有才华的人和他们交流，这让我兴奋而觉得有营养。

也有朋友说，超过十个人的聚会，聊天是没有营养的，他甚至给自己立下规矩，不参加超过十个人的聚会，因此人多的地方都看不到他。

去年在媒体上看见，文坛大佬王朔不去参加自己女儿的婚礼，转而让自己的好朋友冯小刚去主持，冯小刚说："王朔没有勇气来参加女儿的婚礼，他扛不住。"

西方电影里看到这样的镜头，在教堂举行婚礼时，父亲把女儿的手交到女婿手中，这意味着前世情人和现世情人的顺利交接。但王朔舍不得女儿出嫁，他不愿意看到女儿离开自己，扑向另一个男人的画面。

大音希声，大象无形，看似有悖常理，往往有常人所不能理解的深度。媒体说王朔是阴性气质，也不能说这样清淡的人就不爱自己的家人，那本专门为女儿写的《致女儿书》就是最好的答案。

每个人都有自己对爱的表达方式。

哦。

“那个最重要的词——明天。明天，我带你去博物馆看恐龙化石。

“明天，我们学习树木的知识。

“明天，我们研究月亮。每天晚上，母亲都会给她一个小小的承诺，明天她会陪在她身边。”

我有点拖沓对家里老人的爱了。明天，我要带上我最好的闺蜜（我的妈妈）去旅行。

对抗压力·何处适之

朋友说，每天看你po在社交网络上的照片，都笑得挺开心挺滋润嘛！好像从来没有什么烦心事。

我对着镜头，从来都只有一种表情，就是咧嘴笑；特别困难的时候，就希望把运气给笑回来。

风口浪尖之后，一切都是平常。冻死迎风站，说的大抵是我这样的人。在遇到苦难时，我想我现在不论飞多高，如果掉下去，也不会掉到我出生的那个样子……

看刘烨描绘的他的小时候——在东北，零下30度，沙发一样大的房子，只是一个炕，没有更多。他小时候，他妈妈给他们买一个西瓜，孩子们都吃皮了，妈妈哭了。

再糟糕，也跌不回小时候。是的，小时候一无所有；现在，有车有房有工作能力有社会资源，内心更强大，又有什么解决不了的问题。

这两天在北京，下午去探访一个老乡姐妹，她随口说：

“压力大啊，在北京养个孩子一年要100万。”晚上和一个老朋友吃饭，酒过三巡，他也说：“压力大啊，项目一直没回款，银行还有4个亿的贷款要还。”

其实，20万50万也能养一个小孩；朋友还有一个上市公司的股份，卖点股票也能还贷。只是，他还想把公司做大。我们低不下头，都用周遭的惯性和品质来要求自己，所以，就得承受更大的压力。

几年前，我回乡下，遇见村里一个小女孩，那时她才三岁，很可爱，总是围着我转。妈妈跟我说：“这个小女孩很可怜，她生下来就没有见过自己的亲生母亲，因为她爸爸妈妈是未婚生子，她妈妈生她的时候才十八岁，年纪太小，承担不起这份压力，也因为看见男方家庭比较穷，等孩子满月后就一走了之，再无音讯。后来她爸爸又结婚了，不过一直在外地打工。她一直由爷爷奶奶带着。”

上个月，她的爷爷生病去世，七岁的小女孩对她奶奶说：“奶奶，现在怎么办呢？爷爷不在了，谁养我们呢？”

一个七岁的小女孩，也已经感受到了生活的压力。那一刻，我好难过。

前几年做民生新闻，每天的工作就是听别人讲自己的压力、困惑、纠纷以及似乎无法跨越的困难，要死要活；当他们经受不住这种压力时，他们会说跳楼，想要自杀，会六亲不认，但等事情风平浪静之后，就我们追踪的新闻来看，他们的人生也没几个会崩盘，也一样迈过去了。

大概是这段经历锻炼了我的抗压能力，我开始在各种事物和人物中去寻找平衡。

现时的压力大概是我目前做这件事情遇到了障碍，那就静下心来，用心去解决；未来的压力大概是一种幻想，幻想未来的不确定和不顺利，这种压力我建议放下。最严重的是你长期

处在一种压力氛围中很难解脱，如果你是这样的，那么就应该重新调整自己的生活了，否则会脱发生病。

我曾经也真遇到过严重到无法解决的事情，甚至连续几天失眠，最后干脆一切都放下，置之不理，把它交给时间。但现在回想起来，也都过去了。也就是你无法解决的事情，实际上时间都会帮你解决，用时间换取空间。

只要不觉得人生没意义，生活就有希望。

有的朋友说：明天我要去参加同学会，有好几个同学都过的比我好，压力好大。气人有、笑人无、敬光棍、怕财主，城市中的人爱比较就是压力的根源。

因为不知道自己要什么，然后看看别人，他有我无，就焦虑了。其实一个知道自己要什么的人，他要的一定是符合自己性情、秉性的这些东西，这样他才会平静、从容。

经历的压力多了，倒让我从一个怯懦的少年活成一个开心的成人。

自在心

二十五岁时我暂时放下了手里的工作，去北京深造。二十七岁去了香港短暂游学。那个阶段的我，带着对以往工作的倦意，站在十字路口上，不知道下一站要去哪里。

那段时间，趁着可以不用回单位工作。去了很多地方，新加坡、英国、法国……一直觉得旅行和读书一样重要，当置身于一个完全陌生的环境中时，我可以完全地拥抱自己，反观自己。看看世界上其他人是怎么生活，也测试一下我到底喜欢什么样的生活方式。

年轻的时候，有必要有这样的经历；特别是你彷徨的时候，不知道下一步怎么走，往外走是最好的出口。在与自然界和谐相处以及与完全不同的人和事周旋，最终战胜懦弱卑怯的自己。

在外晃荡了一大圈之后，并不太喜欢居住在国外，无所事事，好像提前进入了老年生活。中国人还是住在中国的氛围里比较合适，于是觉得香港是适合华人居住的地方，它离家近，有特别传统的一面，也有西化的一面。最重要的是，我喜欢这里的阳光、大海和蓝天白云。

更小的时候，并没有发现自己不能接受什么。活着活着，就开始有了排斥。比如排斥坐长途飞机，不喜欢生活在没有阳光的城市。所以，当我决定离开成都时，除了因为有一份事业等着我，更重要的是，我不太喜欢四川盆地整日阴沉沉灰蒙蒙的天。当我把这样的理由告诉朋友后，他们没想到，一个人会因为天气离开一座城市。

人生就像吃自助餐一样，想要什么就把它放进你的盘子里，当你的盘子装的都是自己真正渴望和喜欢的东西，一切都会不一样。

我骨子里追求自由，生活在一个自由法制的社会，机会对每个人都是均等的，不用花精力去打理人际关系，不用依附于某个机构或单位，一切只要自己努力……

刚来香港做了一大堆乱七八糟的节目，连我自己都不认识我自己。有一天，我接到了大学老师的电话，他说："金，你怎么可以在节目里谈隐私？"我才意识到问题很严重，感觉是曾经做严肃新闻的人，突然到了资本主义社会，就迷失了方向一样。

有一天，和一帮朋友聚会，有一个朋友对我说："Jin，那个节目你就别去做了吧，又不是小姑娘，非要上镜混个脸熟，说得那么辛苦，跟着我们做投资就够了。"

于是，我开始认真地听他们谈话。我是文科生，读书的时候数学都是勉强及格，但和“巨人”同行，在投资方面有了不错的收获。这让我很有成就感。

享受现在的生活。每天看项目，客串电视节目，写作，逛街，约志同道合的朋友吃饭，望着大海发呆，柔软而轻松。

罗素先生说，参差多态乃幸福的本源。我活在世上，无非想要明白些道理，遇见些有趣的事。

真理是可以等到的，
因为它永久存在。

味道

来北京出差，搭上了出租车，坐在车的后排，自顾自地玩着手机。半路上，中年男司机忽然与我搭讪："姑娘，你用的什么牌子的香水，真好闻。"

"我坐在后排你都闻到了吗？"

"你一上车我就闻到了，很有女人味。"

我心里咯噔了一下，车上就我们两人，大半夜的，万一他对我产生非分之想，把我拉到一个荒凉的地方……

结果，他又在追问："你的香水是什么牌子呀？我也想买一瓶，送给我媳妇，呵呵。"他爽朗而阳光的笑声，让我转瞬又放下了戒备。

"很普通的一款香水，西班牙的AB。"

这是一个真实的小故事。

我们生活的空间里充满了各种各样的味道。有的气味是大自然的馈赠，会让人感到愉快和舒适，有的味道却让人感到不快。适当地使用一点香水，是一种基础的礼貌，代表着个人良好的卫生习惯，也意味着对他人的一种尊重。

我家里大概收藏了不少香水，它们大多是我旅行或者出差时，飞机晚点时在机场的免税店瞎逛购买的。

花花绿绿、造型各异的瓶子摆在家里，本身就是一道风景。

收藏的香水分两类，一类是我闻着欢欣的，会搬回家，以玫瑰味居多。玫瑰味甜甜的，优雅而不失正统，什么场合都能驾驭，最能加持女人味，最亲近自然，在社交场合，谁也不会排斥。其次是各大品牌的主打香水，我也会搬回家，根据不同的心情搭配不同的味道。

家里有一个香薰炉，专程从曼谷搬回来。我买了各式各样的精油，橙子、洋甘菊、薰衣草、玫瑰、生姜等等。在需要写作或者静心的时候，熏上一种喜欢的味道，房间里充盈着欣喜的味道。被味道宠着，像是城堡里的公主，瞬间柔软起来，一切那么美好。

每个女人都应该有属于自己的味道，这种味道不是某一种香水的味道，而是自身的味道，来自内心、个性和容颜的味道。

少年的时候，看了《新白娘子传奇》，希望自己长大后像赵雅芝那么美丽优雅；上大学时，《开心辞典》正在热播，喜欢王小丫的知性与干练；参加工作，做记者后，出镜时会模仿柴静坚定的表情。

关于现在，前段时间见到年逾四十岁的杨钰莹，她肌肤晶莹剔透，声音柔美，还是二十多岁的样子，希望自己四十岁时

也可以这样，不被岁月所伤害。

一般人的看法，中国女人的青春期总是很短，大多数女人结婚生子后，就不再注重打扮，不再精致。妇联将二十八岁以上的女人定义为剩女。在好莱坞，女人们的青春可以绵延到五六十岁，在我们这儿是祖母级的女人，仍然可以穿得优雅美丽，谈一场浪漫的恋爱，享受男人的欣赏和赞美。

女神就是不老的传说，不因岁月而凋零。

一直以来，衣服和护肤品都是我生活消费里较大的开销，爱美无罪。

关于护肤，我的三个原则，一是把脸清洁干净；二是注意防晒，因为脸上的斑和皱纹都是晒出来的；最后是随着自己收入的增加，购买更好的护肤品。注重保湿，皮肤缺水自然不会有晶莹剔透的肌肤，而是暗沉脱皮等等，因此要给皮肤营造一个舒适的环境。

我们去寺院的时候，稍微观察一下，就会发现，僧人的肌肤都比较好，因为他们较少接触外界环境，再者他们心灵得以修炼，内心清净，个性淡定，所以养颜也要养心。

一个人的味道，外在看来是喷了什么样的香水，用了什么样的护肤品，实际上，也关乎你走过的路，读过的书和刻在骨子里的趣味。

一切都蕴含在你的身体里……

人的心要很大很包容，才能放得下我们喜欢的每一样东西。

完美梦想·包和高跟鞋

几年前，第一次和他约会时，他送我一个价值不菲的Hermes Birkin，还记得他当时说："拎着这个包，我希望你出去工作时，别人不会认为你是为钱而工作的。"男人宠爱女人，都喜欢给她营造一种衣食无忧的生活环境，他是理解女人的，这句话一直让我很感动。

我不认为用奢侈品就是爱慕虚荣的表现，它工艺精湛、打磨美妙以及所蕴含的百年历史积淀都让人喜欢。

关于奢侈品，我听到的最好的一段描绘是："刚开始购买奢侈品时，炫耀的心理多多少少是有一点的，而随着了解的深入，你越来越欣赏奢侈品背后的美学和工艺，其实奢侈品是'人与物件私密的快乐'，懂的人心照不宣，慢慢地，品质已经成为自己生活不可或缺的一部分。"

我参加工作后，有了不错的收入，第一步是买房，女人要让自己有一个稳定的居所，然后再去谈奢侈品，这当然是我当年的想法。

包和女人是一对情人。我给自己买的第一件奢侈品是十年前买的一个Gucci的斜挎布包，当时花了4000多元，相当于我半个月的工资。现在依旧不算过时，不过早已送给母亲了。前段时间，偶尔和母亲经过香港的一家名牌二手置换店，店员看到这个用了十年的小布包说："打理一下，把它放在店里寄卖，也能卖两三千港币，因为这个款式很经典。"一块布用了10年还能卖出去，也只能是奢侈品了。

要做一个保值的女人，需要内心的充盈，也需要外在的打造。小时候，我们受到的教育是：女孩子要朴素，要低调，要心灵美，仿佛奢侈品=拜金=爱慕虚荣。

"中国式好女孩"的教育里充斥着"便宜货思维"，当我们选择职业时，他们说"女孩子不用太要强，差不多得了"；当我们选择男人时，他们说"别成为女强人，太强的女人没人要”；当我们感情受挫，职业发展受阻时，他们说“知足吧，有这个男人（单位）要你不错了”……

这是我在一本书上看到的一段话，在我成长的过程中，耳边也经常充斥着这样的言语，然而生活经历告诉我，当我像奢侈品一样，不断升级自己的时候，生活越来越美好。

其实对谁都一样，越是便宜的东西，扔起来越随意。以前我买包买鞋，追求多；现在，越来越追求精。以前一年买十双鞋，现在是一年用十双鞋的价格买一双鞋。

前段时间，看到一双Jimmy Choo的水晶高跟鞋，一下子触动了我童年时代的公主梦。真材实料的水晶璀璨闪亮，让人瞬间觉得，踩上这双鞋，真的走入了梦幻城堡，可以踩着它，驾驭一切金碧辉煌的舞会和晚宴。一看两万多的价格，我说穿的机会不多，还贵，性价比不高。

一旁的朋友说：“美要什么性价比，开心就是性价比。即便我没有太多机会穿它，我也可以留给我的女儿。”

我就这样被这些腐败青年带坏了。

现在想来，这双水晶鞋其实是商家造的一个梦，每个女人都有灰姑娘的梦想，灰姑娘通过自己的努力，终有一天真的可以变成公主。

年轻的女孩要有“一双公主的手和一双侍女的脚”——你的双手要保护得像公主一样细嫩，但是双脚却要像侍女一样勤快，为自己的人生寻找色彩。

包是女人的重头戏，粗制滥造的仿制品绝不可以代表你的人生。鞋子，踩在脚下，不起眼的细节提升你的高度。

姑娘们，这是两个特别需要质感的单品，陪伴你的人生。

只要你坚持奔跑，前面就有希望，就有美丽。

四季心情·吃

我大概是这两年才觉得自己还有厨艺的。去香港后，找不到好吃的川菜，索性就在家里自己做。我以前大约是不太屑于做这样的事，总觉得厨艺之事，应该有专人来做，我把我擅长做的事情做好就好了。

回想少年，有一段在家的日子，因为母亲生了弟弟，家务比较多，我也常常帮忙打下手做饭炒菜。那些大抵都是四川家常菜，回锅肉、干煸四季豆、土豆烧排骨、丝瓜瘦肉、青椒肉丝……

母亲站在厨房里，一边做一边教我：油倒入锅中要烧至它冒青烟后才算熟啦，方可下菜；苦瓜要多吃，排毒；做回锅肉的秘诀就是火要大，锅铲要翻腾得快；土豆烧排骨最忌烧成一锅泥，所以水要多……

我几乎看一遍就能学会，后来慢慢地，我这个小厨师在人民北路有了一点小名声，那一年我才十一岁。

邻居们都说我做菜好吃，我想并不是因为菜本身味道好，而是他们没有吃过这么小的姑娘做出来的菜。

这件事情越传越远。有一天，一个真正的大厨来了，他是邻居的亲戚。他尝了下我的菜，最后对我说："你做的菜口感确实不错，但我觉得你的菜都是用调料烘托出来的，比如这个干煸四季豆，你油用得足，辣椒和味精都放得重，入口是不错，但是把四季豆本来的新鲜给挡住了。"

我当时就觉得他一下说中了要害，母亲也说过我这个问题：做菜的时候所有调味品跟不要钱似的，使劲倒。我想，大概初学厨艺的人都会这样，以为多放调料菜就会好吃，所有菜都放辣椒、酱油、豆瓣酱，然后所有的菜出来都是一样的味道，而没有去思考过每样菜本身就自带味道，调料是应该为每道菜的独特性服务的。

物质匮乏的年代，喜欢大鱼大肉，浓重的口味，尤其川菜，油多、味重、味辣、味咸……这些特点，在童年家庭的餐桌上就体现出来了。现在随着岁月的洗礼，越食越清淡，城市里的蔬菜，却很难找到它本来的味道了。"过去在农村，一年半载才杀一头猪。现在可以选择的食材太多，鸡鸭肉类都很廉价，超市里几十块钱就可以买到，但大多都是速成，饲料里混杂各种人工养料或激素，生长环境恶劣。现在吃得越来越方便，质量却越来越差。"——在《得未曾有》里看到了这样的片段，颇有同感。

以前逛超市，看到的都是诱惑，现在再去超市，满眼看到的是"垃圾"，不变的是那些物品，变化的是我们。

小时候，自家院子里有一片空地，母亲用来种葱、姜、丝瓜、青菜……应有尽有。那时，不用冰箱，菜都是从地里新鲜摘取，然后直接入锅。鸡鸭等牲禽是由住在乡下的亲戚提供，炖时香味会蔓延到整个院子，街坊邻居都知道。

那时的人少有生病，大抵和吃有关。

身体的状况大多和吃进去的食物有关，因此选择食物很重要。以前工作不规律，三餐不定点，落下胃病。当日子闲下来，开始调养。

铜锣湾的灯笼洲街市我常出现在那里，很喜欢逛菜市，看到各式各样的蔬菜，一种昂扬生机的生活气息扑面而来。买其他东西都会讨价还价，唯独在菜市不会，因为觉得农民伯伯很辛苦。

广东人做菜注重口感，更注重营养，这比川菜更进一步。我喜欢饭桌上有广东菜，有川菜，一边是辣的，一边是清淡的，互补一下，有口感也有滋补。

我常做的是瘦肉炖苦瓜和青瓜汤。放入300g精瘦肉、一斤青瓜、一斤苦瓜，放少许姜、盐，水充足，其他什么都不放。出锅后，清爽带着淡淡苦味，入口营养。

身体里应该有一些自然的苦、甜，由天然的食物去补充。

友人常说：宁可吃少一点，吃精一点，只要吃，就买最好的食材。

我赞同，也推崇少油少盐，留住食物本身的味道。生活也不需要那么多大鱼大肉，而应该返璞归真，不给肠胃的消化增加任何负担。

我常在家里清煮青菜，只放一点盐，它是什么样的价值，就让它发挥什么样的价值。我想着它含有维生素ABCDE，身体不用再去买额外的胶囊，给予补充。

四川人喜欢火锅，我也常在家里做。高汤是自己从集市买来的棒子骨，煲至6小时，放少许枸杞、八角。一切准备就绪，会通知朋友上门来吃：“这些生菜叶我洗了三次以上，你们不用担心有残留沙石吃了以后会长结石；莲藕和土豆都是有机，肥牛产自澳大利亚，没有瘦肉精……”

“我们都很爱这个世界和自己，所以要吃得健康，活得长久一些。”

大约都是要经历一些什么后，才会变得更爱生活。比如母亲四十八岁时手臂被检查出有一个恶性纤维瘤，一度很绝望，后来我陪她经历了手术、化疗等长达三年的修复，才把这个恶性肿瘤彻底从身体里赶跑。

母亲不喜欢在外面吃饭，有时为了家庭热闹热闹，会请她去外面餐厅尝一尝，她也并不是特别乐意。她常说：“在外面吃呢不知道别人在里面放了些什么，我自己做就可以掌握好食材。”她自己包饺子，做包子馒头，素食吃得比较多。

我这两年变得有些节制，晚上吃很少，如果晚上一定要去参加朋友的饭局，那么我会事先在家里喝一碗我自己煲的汤，把肚子塞满。

生活可以很自在，并非每天需要山珍海味，简单的食物就可以满足人体的需求。

这是对吃的理解。

荒漠甘泉·格调

常常有微博上的粉丝私信问我："小金，我生活在一个小城市，每天挤公交，匆匆忙忙去上班，灰头土脸地为两三千元的工资奔波忙碌，下班还要忙着回家给孩子做饭，怎么格局大，怎么有格调，怎么优雅得起来？"

优雅自如，取决于你内心的需求。

以前在北京采访过一个非常优雅的女性，她是清朝贵族后裔，见她的时候已经是个七十多岁的老太太了，不过看起来很精致，也就五十多岁。她对我说，小时候她过的是公主的生活，家里所有的箱子、柜子都是紫檀的，厨子是皇宫御膳房里出来的，那时真是每天锦衣玉食啊。

后来，社会变革，家道败落，她便身处逆境，和各色各样的人，一起关进了牛棚。吃得很差，住得很糟糕，一下子跌入生活的低谷。有一次，他们出去劳动，在山脚下发现了一棵山楂树，于是每个人都摘了一小捧红艳艳的山楂。对于吃糠咽菜的他们来说，这一捧山楂，就像在雪地里走了很久，终于看到一小簇温暖的火苗一样，充满了诱惑和快乐。

于是，很多人当场就将山楂在衣服上蹭蹭，然后“贪婪”地一颗颗接连塞进嘴里。然而她却没吃一颗。她把这一小捧山楂小心翼翼地包好，回到住处。走进简陋的厨房，小心翼翼地把一颗颗山楂洗净，用小勺子把每颗山楂的果蒂挖掉，然后用筷子，精心地把山楂中心的核一颗颗除掉，然后费尽口舌跟炊事员讨了几块冰糖，用瓷缸子，加上水，心满意足地给自己熬了一小碗小时候常吃的炒红果。周围的人看她这样对这捧山楂精工细作，都用异样的眼光看她，还有人说她是“流毒未尽”，然而她却独自捧着瓷缸子，躲到一个角落里，一小勺一小勺地享受自己的美食。

同时关在牛棚里的其他人，很多都看不上她的做派，都觉得她做作，都不愿意与她为伍。

这让我想起，之前我送了一条裙子给生活在县城的表姐，她马上就对我说：“天啊，这么时尚的裙子，在我们这里不能穿。”其实那只是一件V领的，有点低胸的裙子，不过想来，在小城市，如果你穿的和周围的人不一样，穿得太时尚，难免会有人说你轻佻，不够贤妻良母。

但事实是，如果你想要在人群中看起来与众不同、脱颖而出，你就要坚持适合自己的品味。不管怎么说，这么多年过去了，前面故事中的这个七十多岁的老太太，依旧有着不同于大多数人的优雅和气质，在人群中，你一眼就能看出她的独特，我觉得与她这一生一直追求细节有关。

要成为独特的存在，你就要经历所有你不会去扮演的角色。

我从小没少接受各种打击和冷嘲热讽，因为有很多“怪异”的想法。初中的时候，我作文比较好，于是有一天，我说：“长大以后我想当作家，出一本自己的书。”

这句话说出来，当时的老师就打击我：“罗小金，你作文确实不错，但也没有达到能当作家的天赋。出书，是不可能的，别胡思乱想。”

20世纪90年代，闭塞的小城镇，教育就是这样含蓄，除了考试卷上的分数，似乎一切理想、梦想都是妄想，而且就觉得这些所谓的妄想多了，会影响学习。在家里不被鼓励，在学校也不被鼓励，我早已刀枪不入了。

去德国，曾经见过一个乞丐，当时，他自顾自地在自己“工作”的角落里待着，我递给他一个硬币，他摇摇头，说：“No working today.”然后指了指身后墙上的字。同行的朋友告诉我，上面用德文写着：今日休息。我很诧异，朋友跟我解释，在德国，所有行业的人都有自己的休息日，乞丐也不例外。

也许和大家的观念有关系，觉得有钱有闲才能优雅得起来，才能有格调地生活。而为什么不在你心中有了格局、有了优雅之后，通过这种良性的追求，来让自己的生活越来越美好呢？不论你生活在哪里，改变和进步其实都是你一生应该追求的事情。

所谓被生活碾压得无处可逃，无法优雅，无法有格局，其实只是你自己给自己的束缚。

你不是生活中最不幸的那一个，也不是生活中最幸运的那一个。如果不够满意，重新审视一下自己的生活，重新出发。

只有诗人同圣徒才会坚信，在沥青路面上辛勤浇水会培植出百合花来——毛姆。

时光之虚·墨尔本散记

从香港飞墨尔本，9个半小时，就到达目的地。到了墨尔本机场，是当地时间早上7点多钟。南半球，5月的墨尔本，已经开始进入冬季，天刚刚蒙蒙亮，一束阳光射过来，心里很温暖。

墨尔本机场很小，人也不多，机场的工作人员大多是大胖子，可以看出这个国家的生活很安逸。

远房的姐姐开车来机场接我，她来墨尔本定居十年了。

坐在车上，她给我讲起她十年前所经历的那段异国婚姻。那年，她到墨尔本探亲，认识了一个澳大利亚小伙子。等她回到成都，澳大利亚小伙子每隔两个月就从墨尔本坐飞机去成都找她，热情无以复加，最后两个人就在一起了。跟着丈夫，远房的姐姐就来到了这里定居。

刚来墨尔本时，她谁也不认识，传说中的集聋、哑、盲于一身。如今英文也会说了，开车去哪里都找得到，还在这里交了一大帮朋友，环境改变了人。

从墨尔本机场到她位于墨尔本郊区的家，大约需要一个多小时的车程。一路上，人烟和车辆都稀少，天空蓝得彻底，飘来丝丝白云……从熙熙攘攘、各项事业热火朝天的中国来到这里，一下子觉得冷清了许多，也轻松了许多。

不过，姐姐一路上都在跟我分享墨尔本的商机，投资理财赚钱的经验。我本以为墨尔本福利很好，生活在这种花园般的国家，她应该像个闲适的少妇。谈钱，应该是我们这种生活在北上广深港这样的城市生物所热衷的。

毋庸置疑，大部分华人在当地既努力又富裕。古老的墨尔本街道，安静而典雅，很像伦敦。到了晚上6点，大部分的店铺都一律关门歇业，只有热闹的唐人街，中国人开的餐厅、商店一直到晚上12点还灯火辉煌，姐姐说如果不是附近的居民抗议，他们通宵营业都可以，只要有更多的收益。

回到姐姐在郊区的家，为了倒时差，我蒙头大睡。等我醒来，屋子里弥漫着鸡汤的香味，窗外有小鸟叽叽喳喳，她养的猫在房间里跳来跳去。我梦想中的慢生活来了。

能干的女人走到哪里都很能干。她做了一大桌子川菜，卤鸡翅是自己亲手调制的卤汁，用豆粉做的川北凉粉撒上花椒和小葱，极其入味。世界已成一体，所有家乡的调料在唐人街都可以买到。她说："我没来墨尔本之前，在成都家里，从来都是老母亲把饭给我做好，我基本不用下厨的。到这里不一样了，想吃川菜啊，只有自己做，发现现在自己厨艺越来越好，这也算是一种进步吧。"

晚上，姐姐的一个朋友来家里做客，他是一位单身的上海男士，年约四十，在墨尔本定居多年，经商，不算大商人。

他跟我开玩笑："在墨尔本，想要找到情投意合的华人女朋友，好难。说中文的女孩子，眼睛都长在头顶，不是富二代不理你；说英文的女孩子，眼睛也都长在头顶，不是白皮肤不理你。偶尔回上海，被母亲拉去相亲，可每次联络不了几日，就要回墨尔本忙生意了，很难有深入了解。现在中国经济发达了，中国女孩也不容易被拐出国啊。"所以，他一直在犹豫，要不要回上海发展。

姐姐虽然后来和她的外籍丈夫离婚了，独自带着女儿生活。但她仍然没有离开墨尔本："女人应该都比较喜欢这里吧，空气好，节奏比较慢，吃的食物很健康，整个城市很小资。"

她十八岁的女儿陪我从墨尔本飞塔斯马尼亚，落地机场，我们租了一辆车，想去当地的薰衣草庄园。

司机长得像肯德基爷爷，和蔼可亲有善意，把两个单身女子的行程交给他，很放心。

晚上落脚在罗斯小镇，这是一个英式小镇，整个镇就只有很小的两三条街，一会儿就逛完了。很多小店从橱窗里望进去，感觉很有趣，可惜都没有开门，据说因为是旅游淡季。

小镇的建筑很美，我们住的酒店除了大堂里坐着几个俄罗斯人，好像就没有什么游客了，不过，虽说客人不多，但门童、服务员都各司其位，认真地为我们服务。

晚上，再带十八岁的小朋友去吃了一顿大餐。

那家餐厅就是小镇上一家很平常的路边店，但是走进去，一切家具都是古董，餐具精致，食物鲜美。我当时在想：这么一个偏僻的小镇，为何有即使是在香港也很难找到的如此高级的西餐厅，整个餐厅，整晚好像也只有我们两个食客。

吃完晚饭，回酒店的路上，也几乎不见行人。通常，在人不多的夜晚，独自行走，我会有恐惧感，但很奇怪，在罗斯小镇，我仿佛置身欧洲古典童话世界，没有安全之忧。那一夜，觉得整个小镇都只有我们两个外来的客人，安静的，时光都像是停止了，好像拍了一部电影。

次日，白胡子“肯德基爷爷”用他的古董车，载着我们从罗斯小镇到塔斯马尼亚薰衣草庄园，我们两个女孩坐在后座上，像是爷爷带着两个孙女出去郊游，他很照顾我们的情绪，路上看见考拉、袋鼠，都会停车，并不急于赶行程。反倒是我们，因为晚上要赶飞机去悉尼，所以一路上匆匆忙忙。

可能是澳大利亚本土历史上没有过重大战事，国家福利好，地广人稀，所以这里的人，习惯了这种悠然的气氛。悉尼要繁华许多，不过街面上的店铺仍然是晚上6点钟准时关门，无论是店员还是老板都要回家去和家人吃晚饭，享受家庭生活。人们常说澳大利亚适合居住、适合安度晚年，应该就是如此返璞归真、回归田园般的生活吧。

我在怀念肯德基爷爷。

生活里，
总有一些人正直，
乐于奉献，富有同情心，
为了满足别人的欢乐而默默承受痛苦
却唯恐被人关注，
这种品格被人们称作善良。

乐者·健康

10年前，母亲的左臂上忽然冒出两个疙瘩，偶尔会感觉有点刺痛。我们并没有认为这会有什么大问题，直到有一天，带她去医院做了个检查，检查结果下来，医生说这是肿瘤，恶性的。

一听到结果，我和她瞬间掉下了眼泪，我们都明白恶性肿瘤意味着什么。

当天，我就把母亲塞进了住院部，马上联系了医生，希望能立即手术，赶紧把这两个“祸害”给除掉。当时我咨询了医生，他说幸好你妈妈的肿瘤长在手臂，如果长在内脏，后果不堪设想……

当时我刚出来工作一年，家里还有一个十岁的弟弟需要照顾，只记得那段时间情绪特别低落。给我全世界我都不要，只要母亲的健康。平时的欲望以及对这个世界的要求瞬间消失……

母亲无疑是坚强的，经历了手术，再加上长达半年的化疗，将病情控制了下来。经过化疗后的身体异常脆弱，抵抗力非常低下，我只记得那两年，她常常感冒、发高烧，几乎成了医院的VIP，因为每周都要去医院。

她经历过一段特别艰难的术后康复历程，夏天我在穿裙子的时候，她套上了毛衣，永远比正常人畏寒。

医生嘱咐她不能吃辣椒，从此以后，她就再也没有尝过一点辣，作为嗜辣的四川人，无疑是残酷的。我们一家人在外面吃着香辣诱人的火锅，她只能点一碗八宝粥，安静地在一旁看着我们吃。

医生说的一切对于她来说都是圣旨，有一天她跟我说："现在日子这么好，我当然想活久一点，再说你还没结婚呢，我至少要看着你把婚结了，把孩子生了，确定你这一生很幸福，才能离开吧……"我感到沮丧而无助，人生可以通过努力来改变，唯独疾病却不知道如何与它对抗。

母亲却找到了与疾病对抗的方法。"病从口入"，从那以后，我们家的餐桌上通常是时令青菜、山药煲汤、红薯小米粥、红豆汤、清煮玉米等等清淡食物。

她常常和邻居去城市周边的小镇上赶集，尽量去买农民自己种的蔬菜，去他们的果园里摘果子，鸡鸭鱼蛋也尽量来自村庄，而非城市农贸市场里的批量化产品。超市里那些被激素催大的家禽，包装精美的腌制品，都不会被母亲端上餐桌。

我给她买了Ipad，她每天没事就在网上查一些健康知识，哪些东西可以吃，哪些东西不可以吃，说起来像半个专家，头头是道。

我记得她曾经跟我讲了一个她看到的新闻，大意是有一位中年男子得了癌症，医生都焦头烂额，有一天他在电视上看见“红薯可以抗癌”，于是这位男子便天天将红薯当饭吃。半年后，他的癌症居然奇迹般好了。当然，不管这个新闻到底是真是假，母亲也认定红薯是个宝，于是她每天也效仿吃上一两个红薯。

她不论吃什么做什么，我都支持她，只要她开心就好。我给她买了冬虫夏草，她也只是每日嚼上一两根。她有一个优点就是不完全寄托于某一样药物或食物，而是在生活中去寻找平衡。

她开始跑步，刚开始时快走，然后是慢跑，最后是倒着走、压腿；总之是变着花样去把身体的每一个部位都锻炼到。每天早中晚，小区的空地上都有她的影子，一年365天常年不缺席的锻炼。

你做了什么，生活就会给你什么。手术后的第三年，母亲恢复到她生病前的样子，甚至还要好，红光满面。我每次出远门回家，她下楼来接我，偌大的行李箱她一个人拎着就走了，我都拎不动。

母亲抓紧时间在家锻炼身体的那几年，我刚好在外起早贪黑，熬夜，风餐露宿地打拼事业。二十岁出头的女孩，精力充沛、斗志昂扬，满脑子都是梦想，一看见工作上有点成绩就上了瘾似的，不分白天黑夜地往前冲，丝毫也不注重自己的身体，只注重自己跑得快不快。

年轻的生命都这样吗？

在2008年汶川地震后，我大病了一场。大概是因为在灾区待了三个月，每日外出采访、睡帐篷、吃方便面，过于忙碌所致。一到医院检查，肠胃不适了、睡眠也不好了、颈椎也出问题了……那段时间真崩溃，也不敢告诉家人，一个人默默在北京养病。

最后，通过医生的药物，通过看书，通过旅行，通过思考，我把原来的自己找回来了。现在，所有食物在入口前，我都会想一想它是由什么组成的，健康吗？当外界有一些负面的言论靠近我时，我会自然屏蔽掉。工作仍然很努力，但学会了时间上的平衡。

最近，刚拿到自己今年的体检报告。以前每年的报告出来，各项身体指标好到我会以为是不是医院的仪器都坏了，全部给我“优”；唯独今年，居然有几项指标不太正常，那一刻，我提醒自己：哦，原来我已经不是二十五岁了。

母亲拿着体检报告，逐一给我分析：“你看你，医生说你血糖高，平时吃了东西不运动血糖就会高，所以你必须加强运动！”只要和她在一起，她就会拉着我出去跑步。夜跑后，我睡眠质量变好了，人也更精神更瘦了，于是后来跑步上了瘾，她不监督，我也自动每晚慢跑几公里后才回家睡觉。

身体倒下的时候，才是决心崛起的时刻。

养生越早越好。

南方10点钟的太阳刚开始还是温暖的，我喜欢搬张方凳，背一把低背靠椅，在阳台，就这样完全暴露在阳光里，吃着早餐。

和喜欢的人在一起，
做喜欢的事，
就是养生。
把旺盛的精力和时间
花在美好的事情上，
就是养生。

现代通讯

现代通讯的发达反而拉远了人与人之间的距离。

我们都不需要见面，而习惯于在社交网络里了解他人的状态。

十多年前，QQ兴起时，我也像个网瘾少年，常常窝在学校门口的网吧里，和网络上那些天南地北的陌生人热火朝天聊个没完。那时候流行网恋，见网友。我的大学室友婷是个勇敢的孩子，因为在QQ上认识一名北京的男网友，两人在网上爱得死去活来，婷便直接去了北京。后来，两人真是像模像样地谈了两年恋爱。

缘分总会把两个陌生的人拉在一起，不论通过什么方式。现在看来，当年的QQ只是一个工具，也算是拉开了社交网络的序幕。

我身边有几对都是当年通过QQ认识的夫妻，如今都生儿育女，老夫老妻，幸福美满。也有通过QQ认识了不良人士，恋爱受挫，人生受挫……

我们不能以此来评判一个通讯平台的好与坏。我大学时代也见过两三个网友，可能是没见到吴彦祖，所以后来对见网友这件事就不太感兴趣了。我们那批人大学毕业，陆续进入社会，忙着打拼事业，也没有那么多时间在网上和一群陌生人聊天，生活又把我们拉回了现实中，又开始忙着线下关系的维护和人际圈子的建立。

那几年，我很少用聊天工具。

网络于我而言，就是每天打开几大门户网站，看新闻，用百度查资料。一段时间比较流行的人人网、豆瓣社交，我都没用过，是没时间用。

有一天，“陌陌”出现了，看它宣传得很神奇，我下载了一个。刚登陆上去的当天下午，就被一位男性朋友抓了个现行，他直接打电话给我：“你就在距离我700米的地方！”

我当时很纳闷，心想他怎么知道我的位置。后来，他直接说：“我在陌陌上看见你了，你说，你上陌陌到底是什么企图？”他的语气虽然开玩笑似的，但我心里还是咯噔了一下：也对哈，我为什么要用陌陌呢？于是，当天赶紧就把它卸载掉，生怕被列入“拈花摘草”的嫌疑。

七八年前，我还常常写博客，写一些煽情的文章。如果一段时间不更新，会有粉丝催。再后来有了微博，生活再次被切成碎片化，浓缩成140个字符。

我们在抱怨微博太吵闹、不够隐私化的时候，微信来了。它没有凭空捏造的关系，大多都是熟悉人。发现在微信火热后，身边越来越多的低头族，利用一切空闲时间刷着朋友圈里的八卦。

刚开始时，我也热衷，不过后来发现挺占用时间，生活中一些该做的事情也变得拖延。脑子里接受了大量碎片化的信息，说出来的话是碎片化的，写出来的东西是碎片化的。久而久之，人变得没有质感。

很多买来的书没有时间看，写文章时观点、灵感都好像被切断了电源，脑子里蹦出大量的网络语言和桥段。而这些桥段经不起推敲，每个人都知道。

注意力也被分割成一个个细小的碎片，手机一响，就会不由自主地抓过来，有时候和朋友聊天，也常常看手机。

《彭博商业周刊》2013年写过《人类逃不出邓巴数：洞察人类的社交密码》，“就像人类无法在水下呼吸、两秒半内跑不完百米、用肉眼看不到微波，大多数人最多只能与150人建立起实质关系，不可能比这个数字多出太多。从认知角度来讲，我们的大脑天生就不具备这样的功能。一旦一个群体的人数超过150人，成员之间的关系就开始淡化……邓巴理论解释的是限制，而正是限制造就了伟大的架构和伟大的公司。”

邓巴实际上给出的是数字范畴，最核心的圈子可能有三五人，是最亲密的朋友；然后是12到15人；然后是50人。邓巴在《你需要多少朋友？》一书中写道：“50人通常是大洋洲和非洲土著居民等狩猎采集型社会中集体在外过夜的人数规模。”

罗宾·邓巴不用社交媒体，手机只用来打电话、发短信，而且只联系那些日常生活中他常常能见到的人。“线上的社交关系只有通过线下的会面才能存活，人们总把随便的熟人关系误以为是真正的友情。”

昨天去见一位老友，直到我们要拍照时，她才把手机从办公室的抽屉里拿出来，我说：“你手机怎么放在抽屉？”

她回答：“我不喜欢聊天的时候被手机打扰，这一段时间我是给你的。”

整个晚上，从8点到11点，我们面对面地聊了很多，我也悄悄把手机调成静音，三个小时没看手机一眼，彼此都觉得很舒心。

身边已经有一帮朋友开始在回归，扔掉手机出去跑步；和你眼前的人好好交流。我睡觉会把手机关掉，否则心里会有一种随时有人找我，随时备战的状态。

社交网络解决不了人的情感需求，多关注你正在做的事，及你身边周围的人。

不知道接下来，又流行什么？

瑜伽

在湾仔附近，找到一家瑜伽馆，是印度人开的。办了卡，每周可以去两次。

瑜伽馆隐藏在五六十年代的老式洋房里，电梯还可以正常使用，只能容纳三到四人。电梯使用的年代久了，门打开的时候会机械性地咯噔一下。刚开始时，我还会紧张，不过看到电梯里其他人若无其事、面容平静，也便坦然。对于此类细节，港人习惯安之若素，因为香港有太多正在使用的老楼，倒是我这个外来人常会幻想社会新闻中的种种叵测。

老楼里原本应该都是住家户，不过因为地段好，所以商家涌入，变成了一家家楼上店。如果去得早，瑜伽课还没开始，我就在老楼里闲逛。老楼里有很多时髦的服装店，大多是日韩货，版式新颖、精致小巧，能看见青春的样子。

我常光顾的是指甲美容店，躺在大沙发上，两个印尼人开始摆弄我的双手。她们叽叽喳喳的对话，我一句也听不懂，只感觉到她们很快乐。结账的时候就说英文，或者有时她们的老板——一个广东女孩在店里，我们就用普通话闲聊几句。

瑜伽开课了，训练房正中的位置放着一张桌子，桌上供着一尊佛，上面摆着新鲜水果；墙壁上也挂着佛。整个氛围像是禅修，而不是健身。

印度熏香点燃，植物味的，音乐响起，老师开课了。

授课的老师是一对情侣，大约三十多岁，讲口音很重的英语，当他们靠近我时，闻到一点点咖喱味，有时也是熏香味。

女老师艾西娅曲线很美，平胸，臀部很翘，柔韧性好，像可以随风摇曳的跳舞草；她的男朋友乔森是助教，不算特别好看的印度男子，披上外套有点流浪艺术家的气质。

一对情侣就这样一唱一和地把这个瑜伽班办起来了。班上每次有六到八名学员，小而美的氛围。

“Jin，你脚底的力气太大。”艾西娅纠正我。

当老师说要平衡用力时，我们最容易把力气放在手心和脚底，这是紧张的表现。一个人在脚落地时，是安全的；手里拽着一些东西时，是安全的。身体也常常处于这种执着的状态，我大约用了很久时间才学会跟着老师的话语将身体和气息合二为一，或者意念到哪里力气就到哪里。

刚开始时，安静的教室里，常常能听到我骨头轻微地咯咯作响，艾西娅是位严厉的老师，常常像揉胶泥一样揉我的身体，好多做不到的动作，在她这里都做到了。

有一次，练着练着，我睡着了。等我醒来，整个教室空了，只剩下我一个学生，躺在地板上，我身上搭了一块毛巾。见我醒了，坐在一旁喝水的艾西娅和她的男朋友冲我微笑。

“You slept really，you are tired，sleep more than.”（你睡得真香，你累了，多睡会儿。）艾西娅温柔地说。

我有点不好意思，一看已经下午5点了，在这地板上睡了一个多小时，在做哪个动作时睡着的都不知道。教室里缓缓熏香的氛围好催眠。

怕耽误他们下班，我赶紧起身，艾西娅随手递给我一杯果汁。她的男朋友坐在一边给她编辫子，像是父亲宠着女儿。

不早了，我离开教室，走出老楼，融入在湾仔如织的人群里，脚步比来时慢了不少……

穿过所有青春盛开的岁月，坦荡如风；舒展的纹路，书写着蔓蔓青萝的印记；柔韧，呈现肌理的变化，稳妥的融入简洁的韵味，纳万物于静寂……

回家，一杯葡萄酒，一部电影，一场梦。

催眠·逆风行走的人

做《夜夜谈》时，认识一位香港心理医生。我对这种职业是好奇的，所以有一天，他约我去他的工作室看看时，便欣然应邀。

他担心我找不到他的工作室，便说："Jin，你住在哪里？我午饭过后开车顺道来接你吧。"

担心会麻烦到他，便回绝了。在快节奏的都市，每个人都忙碌而独立，不给别人增添麻烦就是懂事。

但他执意说刚好顺路，要来接。盛情难却，但感觉他不一样。

午后，他开着一辆有点陈旧的老式奔驰轿车，出现在我家楼下。向我挥手的那一刻，我感觉他脸上每一个细胞都在笑。

我坐上副驾，扭头问他："你怎么这么开心？"

"刚从马来西亚演讲回来，见了不少病友，和他们聊天、打坐，然后顺便享受了马来西亚的美食和风景，一切都还不错。"他嘴角上扬，很享受。

“你特别在乎病友的感受吗？”我问。

“在乎啊，常常他们给我发短信，说睡不好觉，不开心，我也很难过。我能体会得到，我是过来人。”他有点怅然。

他觉得他和其他心理医生不一样的是，他是由一名患者成长为医生的，比其他医生更能体会抑郁症患者的心理状态。

“十多年前，我是一名警察，当时在九龙警署已经做到很高的职位了，有很高的薪水。后来在一次执行任务中摔成了重伤，等清醒过来，发现自己躺在床上，不能走路了。每天坐在轮椅上，由父母推着去做康复。之前全家人都依赖我，现在，却变成了由父母来料理我的生活。担心自己再也站不起来了，于是得了抑郁症。甚至有过结束生命的想法。

“是真的，当时有好多港媒报道。有一天，拿着报道我的报纸，看见上面写着‘英雄’两个字，突然一下很有力量，觉得不能辜负这两个字吧。于是我重新开始规划自己的人生，那时对做警察不感兴趣了，忽然对心理学产生了兴趣，于是去港大读了心理学的硕士、博士，现在自己开诊所了。

“医生认为，我不可能从轮椅上站起来了，但我最终通过训练，恢复得跟正常人一样，我是见证过奇迹的人。”

他把他的经历写成了书，已经出版了好几本，把自己的经历和治疗的方法分享给病友。

两人一路闲聊，20分钟后，汽车开到中环的一栋大厦，停了下来。那栋大厦是一座老式楼，藏在一个巷子里，如果不是他开车带我来，还真不容易找到。

“如果不是因为我住在乡下，那里还没有地铁，否则我不会开车。中环停车尤其麻烦，开车还不环保。”他一边泊车一边说。

“你干嘛住在乡下，又把诊所开在中环。其实啊，心理治疗场所就应该设在乡下，设在一个鸟语花香的地方，市区太吵了。”我说。

“我每年要写一本书，乡下是适合写作的。你不知道，香港有名医生的诊所都开在中环，白领都集中在这边上班，让他们跑到乡下去看病不太可能。大家都习惯到中环来找名医了，我也要随主流啊。”他顺手打开工作室的房门。

这是一间略像酒店标间大小的屋子，陈设简单但十分整齐，有书桌、陈列架，最引人注目的是一张乳白色真皮椅子，他说这是治疗椅。我躺了上去，说：“陈医生，我睡眠质量不高，你给我治治吧。”

他果真开始按摩我的背部，顺着脊椎两侧，指尖发力，很快，后背感到有一股热流回转，像是阳光炙烤着我的脊梁，瞬时放松，睡意袭来……

就这样，这样，静默，不动……不再动，静默……不必动，不再动，不动，阳光……

我能感觉到他的节奏，仿佛是要把我的身体扔进一片花的海洋，那里有芬芳、静谧、和煦、朦胧、飘逸……

一开始，总是迷惘。慢慢有了感觉，问题和有趣接踵而至，进了一个窄门。堵在心上。

睡不着，大概有比睡眠更重要的事情，那就是要思考堵在窄门里发生的那些事儿。失眠大抵如此。

我们在探讨时空与当下，他年约四十，仍未结婚。

“我是没有结婚的欲望，也觉得目前无法承担这样的生活。我要写书，写好后又要四处演讲，推广新书，治疗学员，有很多事情要做。大概是经历了那场大病之后，我才明白身体最重要，不一定每个人都走相同的路。”他一字一句，普通话不错。

“我在香港出生长大，这几年常去上海给人看病，所以普通话越来越好了。”

我问：“你的诊所开在中环，上海的病人怎么知道你？”

“我写的书在内地卖，在台湾地区卖，在马来西亚卖，他们就通过书上留的邮箱找到了我。这是一场很有意思的邂逅，用心做，慢慢积累，认可你的人就越来越多……”

一束光从窗外照进来，映在他的脸上，灰尘在光束里漂浮，游荡。傍晚5点，我有事要离开，他依旧很绅士地给我开车门，送我回家。

“每次去上海，病友们都执意要到机场接我，起先我觉得麻烦，后来是接受，习惯并喜欢。其实病友潜意识里是孤独的，需要陪伴的，我尽我所能，去陪伴和倾听。我现在最喜欢的，不是换一辆新款汽车，而是买张机票去世界各地看病友，帮助他们走出来……”

下车的时候，我问他：“你给我在国外订的褪黑素大概多久才能到？”

他嘀咕了几句，我理解到了。

“安静地等待，好好睡觉，就当自己是一只冬眠的熊。”

凡事。

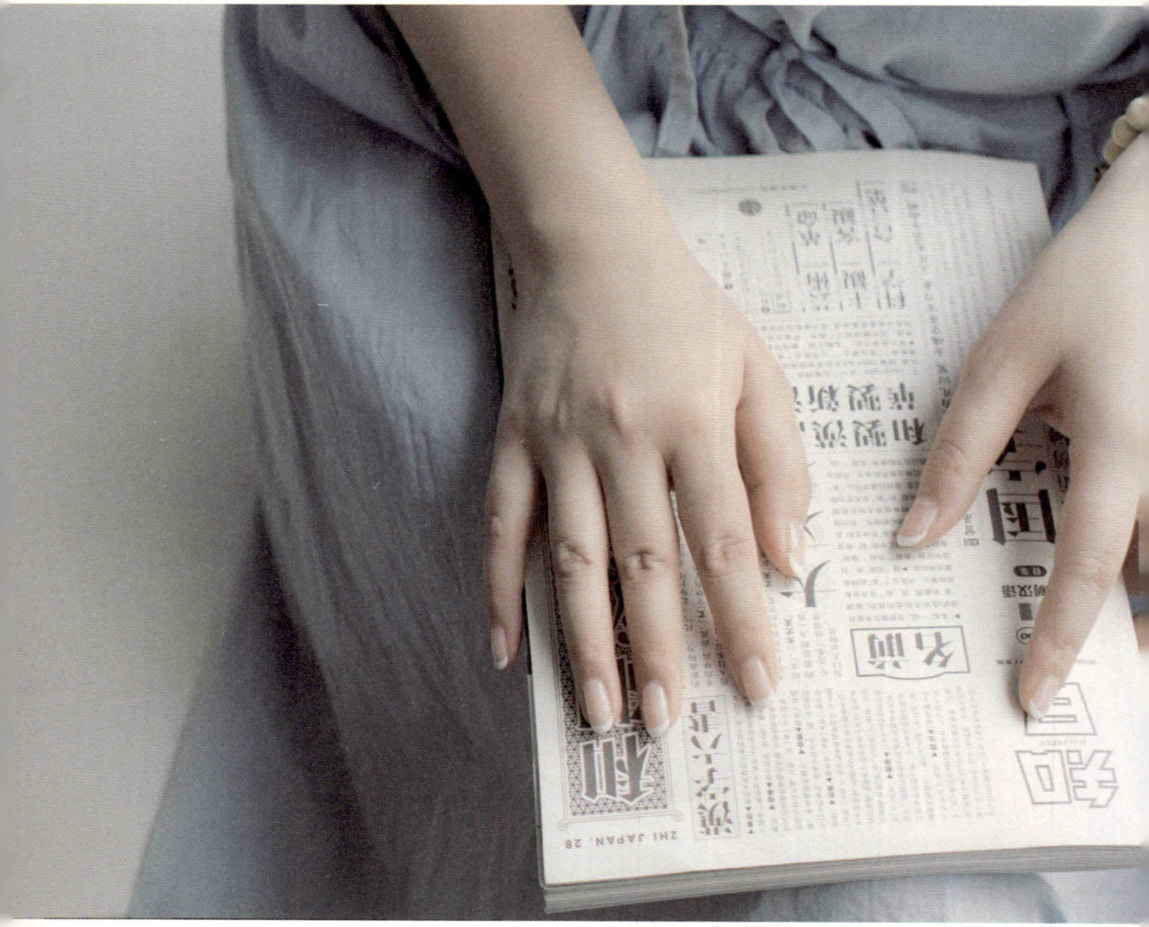

无需为物所累，且享受。

怀抱流年

大学同学途经香港，我们约好叙旧。

“就半岛酒店的下午茶吧，不是说是张爱玲的最爱吗？”她提议。

这真是无从考证，不过还是给这位“张爱玲迷”预订了半岛下午茶。半岛酒店始建于1928年，是香港老牌酒店。

找到半岛酒店里我常光顾的一家品牌店的店长，才帮我预约到下午茶的位置。因为它历史悠久、名声在外，现在像是成了游客朝圣的地方。每次路过都看见排着长长的队，如果不预约，很难有位置。

同学在附近的海港城扫完名牌后，提着大包小包刚好坐下来歇息，起先看起来还有点急躁的她，落座后，闲适多了。挑高巨大的酒店大堂，老式的吊扇悠悠转着，乐队演奏着低音萨克斯，正宗的英式茶点，纯银制的茶具，一切倒是符合眼前这位文艺而小资的女人。

“你以前在媒体做事好急好匆忙，现在能静下心来喝茶不容易啊。”她说。

“所以，我不太喜欢以前那个自己，但人生又不得不经历二十岁的慌张，现在希望是人忙心闲逍遥游，世事来去无所留。还得修。”说出这句话时，我感觉快立地成佛了，但不是这样，我只是想表达正在学会平衡的人生。

“你运气好。”

“说运气好是在否定走心青年的人生嘛。”

两个女人喳喳喳喳一下午。

这座城市的可爱之处大约是不论多少年过去，在某些场合，仍保留着旧有的传统和礼节。殖民时期的英伦风再加上中式风，很对一部分华人的胃口。

帮我订座的品牌店店长过来和我打招呼，每次光顾她的店，她总是很热情地跟我说：“罗小姐，你要是订半岛酒店的房间和下午茶，给我打电话就行。”本不该属于她的分内事，她都认真仔细地做好。

酒店里入驻了很多名牌店。喝完下午茶，女人们再去这些名牌店扫货，大抵是这样。

酒店林立的香港的今天，有很多比半岛下午茶更幽静的地方。四季、文华东方、丽思卡尔顿、洲际等，每一家都很有特色。工作时间，中环IFC的白领们西装革履、面孔职业、行色匆匆；茶餐厅里，闲适的老人、工作时间自由的老板们以及自由职业者叹着早茶，悠悠自得。

这两幅画面融汇在一起，形成了这座城市的快与慢。

我周围的女人们都自称“人生只有一半”，因为她们中午才起床，生活是从下午开始的。下午就约着喝下午茶，或者更晚一点，就约在晚上一起吃晚饭。

带同学品尝完半岛的下午茶，晚上去尖沙咀“The One”继续吃。“The One”18楼有刘嘉玲和友人合开的日式料理。因为餐厅外的露台可以看到整个维多利亚港的夜景，加之口味纯正，所以常常客满。

那天晚上，把住在九龙的几位朋友都叫过来一起吃饭。我说我大学同学来了，他们居然都给她带来了伴手礼，有的是一瓶香水，有的是一盒港式糕点，有的是一条丝巾，都很用心。席间，五女一男喝了四瓶红酒，互诉衷肠，很是尽兴。

那晚，本有很多和同学回忆的“旧话”，被眼前绚烂迷人的维港夜色淹没。流年似水，看似夜长，追忆也短，趁美景，乐逍遥……

泰戈尔说，当我们真正热爱这个世界的时候，才真正地活在这个世界上。

即兴诗人·随喜

2007年我去西藏采访，在拉萨罗布林卡寺庙遇到一个很帅气的喇嘛。

那年他十九岁，一张棱角分明的脸，神情淡然。他有些害羞，却又好奇地盯着我们的摄像机。于是我坐下来和他聊天，他说他没读过一天书，七岁被家人送到拉萨来当喇嘛。他的家乡在西藏一个很偏僻的山村，家里兄弟姐妹多，也穷，父母觉得孩子们最好的出路就是去当喇嘛，这在他们家乡是个受尊重的职业。

“你喜欢你现在的生活吗？”我问。

“还挺喜欢的。”他有些害羞地回答，拍了拍身边另一个年轻喇嘛的肩膀，“他是我的同乡，平时我们4点起床做早课，上午和下午都在寺庙里面帮着干活，傍晚6点做晚课，晚上8点睡觉。闲下来，就喜欢和老乡聊聊天，没想到今天你们来了。”

我们都是80后，即使来到这个朝圣的地方，我和同事也顾不得周围的景色，而在忙着一期又一期的节目。而眼前这个同

骄阳依然炙热。人们依然会忘却往事。

龄人，永远一副云淡风轻的样子，好奇他这种心境，所以和他多聊了几句。

我问帅气的他，你最大的心愿是什么?

他说现在青藏铁路通了，他最想坐火车去青海的塔尔寺朝圣。他问我现在火车票需要多少钱。我当时想帮这个可爱的小伙子圆一个梦，因为我知道他在寺庙每月补贴只有150元，还要省钱寄给家乡的父母。所以就说，我帮你买张火车票吧，你明天就去。

他摇了摇头，说这个季节寺庙里事情多，还不能去，等闲下来再去。总有机会的。

“你去过塔尔寺吗？”他问。

“去过啊。”我答。

“美吗？”他问。

“很漂亮。”我答。

“那就很好了，我知道它很漂亮了。”他两眼欣喜，心满意足。

此刻，我想起了佛教语中常用的两个字：随喜。

这个时代像诗人一样活着的，大概寺庙里的僧人算一类，随喜。

爱情

这是一个很宽泛的题目，却无从下笔。我大概比较迟钝，整个青春岁月花了太多时间去实现梦想，并没有好好享受爱情。

但爱情一直在我身边。他陪我吃饭、看电影、旅行以及在很多重要的时刻出现，有时也会争吵或敷衍，伤害与温暖。

二十岁迎来第一段爱情，那时对方说：“你那天看起来温柔、羞涩、倔强、郁闷，很有意思的一个女孩。”

这样我们就在一起，分分合合六七年，青春就这样匆匆而过。有时在想，为什么要有爱情，它好像和穿衣吃饭一样平常而必需，爱情也许是荷尔蒙，是阴阳平衡，是人性的组成。

周围很多朋友为情所伤，我也有过。就像有人说，人生80%是痛苦的，只有20%是快乐的，但那20%的快乐仍会吸引我们去付出。

当我们能正确认识到爱情有可能出现的伤害与变化，甜蜜与地久天长后，也就能坦然地面对这一切。

朋友最近结束了一段三年的爱情，她当然不想结束。把自己窝在家里一个星期，不出门不怎么吃东西。等她出来了，我们再聚会。我问：“找到解决方法了吗？”

“没有。”她答。

“可以和他复合吗？”我问。

“不可以，发生了很多无法挽回的事情。”她语气比之前轻松。

当想明白了无法复合，只能自己抬头前行。二十岁时会找对方哭喊发泄，但发现折腾一番后，仍是分离，于是成熟后便学会了独自承担。

但凡看过来，没有共同的孩子和事业的爱情一旦发生裂痕，常常消失得更快，因为没有牵绊。两人见面时欢喜，不见时想念、包容、慈悲。最好的爱情始终是温润的，像一条绵延的小溪，缓缓地流。

朋友未婚生下了孩子，只因她是基督教教徒，在与男友意外怀孕后，不想有违天意伤害小生命。那时，她与男友相识才两三个月，基础还不够牢固，所以她的男友反对她生下这个孩子。她说：“没关系，我自己的选择我自己来承担这一切。”

她有一天和我探讨这个问题，“我收入不错，养个孩子也没问题，至于他是否能给孩子父爱，我也不能强求。只是这个阶段，我想把孩子留下来。”她内心强大，可以接受孕期的孤独，并承担责任。我很佩服。

后来，她把孩子生了下来。当然，任何人都是有感情的，孩子的爸爸从当初的反对、冷漠到最后的接受，最近朋友说好像他们有了孩子之后，才更了解对方，才重新开始又谈了一轮恋爱，并热恋起来。

所以有时我会觉得爱情没有形状，是化学物品，不知道在哪一刻会萌发。只要你坚信有爱，再晚都有，哪怕八十岁。

有人问我，女人可以主动追男人吗？我也有过暗恋人的经历，如果我把心意传给对方，对方并没有一丝动容，那么我也不会再继续下去了。总觉得这样的过程有点自卑、虐心、自讨没趣。虽然常说幸福是靠自己争取来的，但在爱情方面，女人应该把自己当成公主，等待有人来宠。

现在的爱情都是点到为止，因为大家都忙，都不愿意花更多的时间成本来成全一份不太可能的爱，生怕耗尽了能量。像我前面写的，自言自语写几十封信，为男神倒了几学期的开水，这样的事情估计只有等人类再回归时才会发生。

从进化史上说，男人是需要主动出击才能生存的。他不追你，就是不喜欢你。你追他，可能他会因为很多原因答应你，就算你们结了婚，当他遇到让他荷尔蒙不听大脑指挥的女孩时，他出轨的可能性真的会挺高的。

不爱一个人，假装得一时，骗不了自己一生。

遇到实在心仪的对象，但不能在一起，就当朋友相处，退一步海阔天空，无须强求。

女人把自己变得优秀而强大，自信而温柔，慢慢会有一份美妙的爱情不约而至，并且会越来越好。这是我这几年的经历。

我理想的爱情是平淡而有力量的，回归到精神层面去。

想起“当年有一代人不要存款、不要房产、不要汽车，只要有感觉一起推自行车去登记，然后戴着大红花回家，然后风风雨雨一辈子，相亲相爱几十年。看着街边散步的老人们，不由地羡慕他们的青春岁月。那是一种最美的传统，然而却被迷失在似水前行的时光里。”

时代的进步，爱情的退步，发展中的China，浮躁和不安分的因子蔓延。我总觉得等有一天，基尼系数趋近零的时候，爱情就该回归了。

人在爱情里成熟的表现，就在于：不该问的不问，不该说的不说，不该管的不管。

努力坚持“三不”政策后，你会发现事情少了，睡眠好了，胃口也嘛嘛香。感情极巨升华，对方觉得你很尊重他。

我们来到这个美好的世界里，彼此相逢，彼此问候，并结伴同游一段短暂的时间。然后我们就失去了对方，并且莫名其妙地就消失了，就像我们突然莫名其妙地来到世上一般。为什么要这样呢？

Love是一个思考和礼物，送给天下相爱者。

等风来

铜锣湾有两家“伤心凉粉”，本来这是川西古镇的一道名小吃，在这里，被延续成各式川菜。老板大约觉得“伤心”两字比较醒目，所以以“伤心凉粉”为店名，开了五六家连锁川菜店。

人这一生唯独嘴不可以欺骗，所以爱吃辣的我常在那里招待爱吃辣的朋友。包间只有一个，也显得不是那么高大上，但似乎有浓浓的亲近感和乡情。给生活一些怀念的时光，容易看清方向。

我这两年吃辣能力大不如以前，大概是没有以前吃得多了，或者受某些养生书的影响，认可人体要多接收温和的食物。

人成熟的标志，大概就是从爱惜身体，珍惜情意开始。

以前我懒、宅，回到家就不想再出门，现在也慢慢开始组织聚会，把喜欢的人约在一起吃饭、聊天。每个人都有优点，和众人在一起时，尽量忘掉自己，去听他的所思所想。

每一刻都是学习。抹平生活的界限，以开放发现的心态看待生活中的一切事物。

以前大概是独自一个人呆的时间太多了，遇到问题时，羞于开口，一个人窝在家里，去书本里翻答案，或寻求内心的力量。前两天遇到一件事，居然第一时间给朋友发了条掏心窝的短信。发完后就后悔了，咦，想想自己是一个少有和别人分享心事的人，怎么变了？

周末和一帮男女朋友去爬山，从铜锣湾比华利山庄出发，预计一小时到达山顶。一路上有充满野趣的小土路，也有修砌齐整的石阶路，或平坦的水泥路，随着路径的变化，我们聊着天兴致盎然，一路上毫无乏味之感。

偶遇一位老朋友，他是一位供职于外资银行的经济学家，以前和他共同参加过一档节目，他老是唱衰中国经济，所以当时很不喜欢和他说话。再次见面，他主动过来和我聊天，从他“唱衰经济”的逻辑里，我倒是感受到了一些新的思路。

一边登山，一边在思索，我还不够好的原因是否是因为一些固有的观念与秉性在作祟，需要反思。

好多人都抱着旧有的观念就匆匆生活了一辈子。

半小时后，登上太平山顶那一刻，维多利亚港全景尽收眼底。举目相望，喧嚣之外，山石笔挺沉稳，草木错落相生。如同所有的梦寄望自由，高山凝望之下，海风吹来，我们终将抵达。

今夕何夕·和你们见个面

到北京了，发了微博，然后微博上就有几位朋友说："小金姐，你来北京啦！我请你吃饭吧！"后来想想，不如把他们召集起来，组织个见面会。

晚上7点半，我准时到达见面会的咖啡厅，一位姑娘迎面送来一束鲜花，很亲切。这次见面会来了20余人，有一位先生专程从山东坐飞机过来；有一位大姐从铁岭坐高铁赶到北京，没买到座票，是一路站过来的；还有从河北、河南、天津等北京附近城市赶过来的朋友们。

我没有想到，为了一个见面会，他们如此长途跋涉，感谢他们对我的信任。

2010年我开通微博，关注我的粉丝中有一部分是以前四川的观众，有一些是后来《夜夜谈》及凤凰卫视的观众，还有一些是不经意中加过来的。

我把微博当成日记，记录自己的心情，渐渐地，吸引了具有相同价值观的朋友。

之前在一档节目中说过自己有失眠的问题，节目播出后，很多失眠患者都找过来了。印象最深的是一位二十出头的女孩，她当时在英国读硕士，给我微博私信："Jin，我也失眠，很严重，几乎不能自然入睡，即使是眼睛睁大到天亮快睡着了，也只能睡三四个小时，而且这三四个小时全是各种噩梦，所以白天总是无精打采，做事乏力……"

我问："为什么会这样？"

她答："之前我看见同学毕业后都有了很好的出路，内心焦灼。于是自己申请了英国的硕士，一边工作一边准备考试，压力很大，每天只睡三四个小时。等我真的考上了硕士，来到了英国，发现以前的焦灼状态并没有松懈下来，反而因为睡眠不好压力更大，心情也不好，觉得自己的人生很失败……"

那段时间，我每天都能收到她很多私信，常常深夜发来，感觉她的世界漆黑一片。很难想象，一个如花似玉的女孩被睡眠问题折腾成这样。

我劝她赶紧入院治疗，她也听我的话去了医院，不过躺上病床的那一刻，她说："我只不过是睡眠不好而已，需要入院做全身检查吗？"

"即使你是一个健康的人，做全身检查都是必要的，更何况你现在身体发生了状况。"我告诉她。

就这样，她在英国治疗了两个月，虽有好转却难治愈。她回国后，我在北京给她介绍了不错的医生。就这样，反反复复一年多，她的睡眠终于调整过来了。

我们至今都没见面，她对我一直心怀感激，便常常在微博上支持我。从英国寄过明信片和香水给我，很温暖。

只要能帮得上，我都愿意。因为一路走来，我也有很多艰难的时刻，每当遇到困难时，我也希望有一个天使来帮我，并相信爱的力量会传播。

我喜欢如沐春风的环境，在情感和道义上，愿意成为成全别人的人。

网络是真实的，每一个ID后面都有一个实实在在的人，总有可能穿过光纤遇到坦诚恳切，与之真心以对。

有一个姑娘，是我之前供职的那档新闻节目的忠实粉丝。那时还没有微博，她还是一名高中生，她常来我的博客留言，常私信咨询我，想报考新闻专业，但家人不支持。我一直鼓励她去追寻自己的梦想，后来她读了我所读的大学，去了我曾经供职的电视台，也算圆满。

个人的力量有时是渺小的，需要通过书本、外力或者榜样来印证自己的选择是否恰当，再坚持走下去……

我的信箱和微博私信每天收到的内容都很丰富……

“小金姐，我想在北京买一套房子，但钱不多，应该怎么办？”“金，我失恋了，确切的说是男朋友移情别恋了，我该怎么办？”“我是单亲妈妈，总没有安全感。”

…………

每天都会花一些时间去回复，这些问题有一天可以写一本小说。

就像这个在北京的夜晚，我们聊生活、投资、离开体制、转折、放弃、重置、梦想……

等这本书写好，有机会再到你们的城市，开启下午茶的下午，祝好。

记住。

即使渺小，我依然拥有着我的生命；即使渺小，我依然拥有着忍让我的家人；即使渺小，我依然拥有着我的自由。我拥有的足够多了，我满足了，我便不再渺小了……

感谢你的来到。

住酒店

一个人在酒店的烛光晚餐被搭讪。“加你微信可以吗？”餐厅里一位身材微胖的男子坐在沙发上，拿出手机对我说。

“不太好吧。”我转身走了……

隐约听见餐厅服务员一句话：“他是我们的老板。”

但……实在不擅长这种零基础的纯陌生人搭讪。

过了两日，照例一个人去酒店西餐厅吃一份三明治，买单时却被告知已有人替我买了。

“谁？”

“就前两天出现的那个人。”服务员模棱两可地回答。

“前两天出现的不是你们老板，怎么又变成那个人？”算了，别再众目睽睽下去多问了，显得不懂事。

心里嘀咕着走出餐厅，观察酒店的大堂过道，哪里会出现一个人和我打招呼，说刚才的单是我帮你买的呢。这个人当晚没出现，不过心里有一种诡异的暖。

这次来北京出差，在这家酒店住得太久。又过了几日，我都忘记那晚有人义务给我买单的事了。依旧在那家西餐厅吃我喜欢的三明治，结账时一位女服务员过来给我说："女士，你记得前几天有一位朋友帮你买单吗？"

"记得啊，怎么了？是谁？可以告诉我吗？"我望着她。

"他就坐在外面，他刚跟我说，希望你出去和他聊会儿天。"服务员说道。

"呃……谢谢他那天帮我买单……不过，让我出去找他，不太好吧，如果他真有什么事要跟我聊，那就让他进来找我吧。"我这样对服务员说，心里有自己的矜持。

最后，我没有出去，他也没有进来。隔着一道玻璃，都有彼此的骄傲。

如果是十八岁的女孩，可能就蹦蹦跳跳地去和他聊天了。可如今，岁月给了一点矜持，反而一眼就看穿了这样的搭讪。如果不情愿，就让它朦朦胧胧的也挺好——估计他也这样想，并有他的原则。

这也算是一个温暖的夜晚。

伦敦

与欧洲其他城市相比，伦敦有他固有的傲气与严谨，或者说，有那么一些皇室贵族气息。几年前，给自己找了一个机会，过去学英文。所以，当第一次踏上那片土地，海关用乐感很强的语调跟我说话，我以为他要唱歌。

哦，虽然我英文很烂，但当他说到半句话时，我就猜出了下半句他将要说什么。语调延缓，中间像是拐了几个弯，给听者思考的时间。完全不像美国人说英语，急促高亢。

和这座城市的气质有关。伦敦和高楼林立无关，放眼望去，大都是五六层的建筑，不局促。大街上来来往往的人，窘迫的面孔不多，大部分都带着一副怡然自得的中产阶级富足和礼貌。

牛津街的一家地下比萨店里，结账时我在凑着我的23英镑，“不够，我的零钱只有22英镑。”我嘀咕了一声。邻桌正在享受自助餐的一对中年夫妇看着我，一眼便明白了，丈夫从兜里掏出一英镑，扔给我：“给你，零钱，姑娘。”

夫妇俩都冲我笑，我对他们说谢谢。没有寒暄过多，走出比萨店的那一刻，只是觉得很温暖。

陪同学去看她心仪的人，在剑桥。“嗯，他在剑桥读硕士，当年是国内某市的高考状元。我总是很迷恋这种学霸。你呢？”同学问我。

“我可能更看综合的感觉，比如正直、善良、对人好……”

…………

火车抵达剑桥小镇时，一位矮矮瘦瘦、脸上长满青春痘的小伙子迎接我们，在人群里他显得并不出众，但眼神里透着极大的光。他热情地带我们逛校园，说历史，吃晚餐。

考虑到国外流行的AA制以及他还在上学，收入不多，于是同学抢着买单。同学的父亲是某上市公司股东，自己也是智慧女青年。

“你们认识多久呢？”我问沉浸在甜蜜里的同学。

“一年多前，在北京就认识了。当时他在清华，我们每天都会打两三个小时的电话，有说不完的话，就这样确定了恋爱关系。”

在剑桥的那三天，我们玩得很开心。“学霸”始终表现得礼貌而谦逊，除了讲起他研究的课题和对未来事业的规划，其他事物都主随客便。

三天后，我和同学坐车回伦敦上课。回去的小火车上，对方发来一条短信：“也说不上为什么，总觉得我们彼此之间是有距离的，可能你太优秀，我配不上你吧，所以，还是决定先把这句话告诉你。抱歉。”

“嗯，明白了，可能是我配不上你吧，祝好。”两人在看似赞赏的推诿中，结束了这段关系。发出这条短信时，同学已经落泪。

我赶紧拿过来一瓶果汁，想拧开递给同学，安慰她。可这一刻，瓶盖却怎么也拧不开。对面坐着一位祥和的老爷爷，像是剑桥的教授，他顺手接过瓶子，用力拧开瓶盖，递给同学，并微笑着用一口浓重的伦敦腔对我们说：“年轻人，没有什么好哭泣的。”

我们都有点尴尬，却接受了这份陌生的善意。

回到伦敦，在大英博物馆附近，同学找到一家地道的湘菜馆，买了几瓶辣椒酱寄到剑桥。对方是湖南人，爱吃辣。

我以为她会附上一张纸条或明信片，写一段话寄给他，却什么都没写。

人生中有好多莫名其妙。

自得其乐

某一天在租住的洛杉矶芳塔娜house后院，发呆，看游泳池的水流。两个黑人小孩扑通跳下去，在水池里冲我笑。

他们的爸爸也来了，就是昨晚热情地给我们递名片的那位黑黑壮壮的墨西哥人。他手里提着两瓶啤酒，笑着顺手递给我一瓶。我告诉他，我在服药期间，不能喝酒，抱歉。

他一边喝着啤酒，一边享受着加州的日光浴。也没怎么管他两个儿子，两个儿子像两只小野鸭一样，扑通扑通自己玩，可爱独立。

他们住在我们房间的隔壁，房东是北京人，朋友的朋友。这么大一栋house买下来50万美元，每月收租3500美元，除去地税，15年收回成本，最终还有一栋拥有永久产权可以收租的house。

房子的首付和贷款利率都不高，如果，我要在这里生活，我会选择买房。

房东姐姐说："反正他们（西人）就是很奇怪，生活方式不一样吧，不怎么喜欢买，就是租。"

要说存钱这件事，还是华人厉害。

车从芳塔娜行至洛杉矶市区，一路上都是经济型骄车，OK，我以为到了中国二线城市。不过一到比弗利山庄这座小城，就变天了，满街的千万级跑车、名品店和时髦女郎。

在一家奢侈品二手置换店，见到一位有点眼熟的好莱坞明星，她的鳄鱼皮爱马仕、晚礼服都被放在这个店里寄卖，墙上贴着她的照片，说明这些物品出售后用于做慈善。我英文没有好到完全听懂她和店主在说什么，但感觉她们的谈话像闺蜜，很亲切。

比弗利山庄是全球最有名的富人区之一，我感觉那里风水很好。有点像香港半山，视野好。似乎每一个角落都洒满了阳光，没有一处阴暗。时间紧迫，下次，我要好好在这里待上两天，感受好莱坞文化。

旅行就是出去走走，看看别人的人生，启发狭隘的自己。

不知道怎样活着才最好，只知道这样活着已经很知足。

后记　刚刚好

这本书终于整理完毕。立冬时下的决心，春季开始着手整理，夏季初稿完成接近丰收，估计很快就送能到读者手上，好像人生的一个轮回。

完成这本书，就像经历了一段时光之旅，旅途中，许多人又一次上车、下车，还是旧有的面孔，然而在我看来却不再相同。青涩、质朴、单纯、美好、艰难、委屈、不满、苦楚，过滤后，留下的，就是这本书中的一个个片段，成熟而美好。

原本这些年写的文字有十多万字，经过几次删减，把“小我”逐渐抛弃在故纸堆里，心境也就随着留下的这些文字温润起来。

曾有编辑建议我写写这些年采访过的明星或者那些高大上的人物，仿佛只有“大”才能撑起分量。这是一个推崇个性自由的时代，“大”早已是旧时代的笨重词汇，身边“大”的人触手可及，搬来映衬我这本小书，有些滑稽，于是脑子又偷懒般地游离到琳琅满目的生活细节片段中去了。

按照我的想法，那些买房经历工作经历都不想提，因为一提到实际的工作或money，就容易暴露人的本性。可能人都比较戒备，不想让别人看见自己的黑洞。强大的内心并不意味着都要将自己塑造成所谓的女强人。我希望不管在哪儿，都温暖柔软，放松自在。

封面上的广告语也不想印上去，因为我也没有那么好，身边厉害的朋友很多，即使就算好也不想黑字白字地展现出来。但为了定位和市场，总得有一些总结吧，希望没有恶心到你。

人生总是五味杂陈的，除了咖啡三明治，也有柴米油盐的干货。我诚恳地将自己展现在这里，希望你们看得见真挚并有所收获。

这十多年来，我最大的对手一直是我自己。我需要战胜自己的不自信、不专业、不坚韧、彷徨、退缩、依赖等等，才能跨过一道道障碍，抵达目的地。

毕业后的很长一段时间，日子在打仗，和生活拼得很厉害。那时眼光长在头顶，从来不和同一水平面的人相比，目光只指向自己要去的方向。也不计较什么，低头赶路。路上摔了一跤，也顾不得等身上的痛消散，匆匆起来又前行……

有过特别沮丧和糟糕的时候，也有过不被认可。常常怀疑自己，再慢慢认可自己。

我想告诉你们，这个世界上一定会有我们这样的人，固执地想要变美，拒绝被平庸和琐碎同化，厌烦一切虚伪的算计和控制，对人情世故不屑一顾，总是一腔热血，冒着被辜负的风险努力保持善意，愿意活得黑白分明，多过八面玲珑，有些莽撞，有些不识时务，有些让人操心。一定有人像我们这样，愿意保护环境，也不闯红灯。

每个人真正强大起来都要度过一段没人帮忙，没人支持的日子。所有事情都是自己一个人撑，所有情绪都只有自己知道。但只要咬牙撑过去，一切就不一样了。是的。

整理这本书时，借此回忆往事。也觉过去有战略没策略，有勇气没高度的地方。就承认自己的优缺点，看到自己的平凡，享受快乐与成功，面对尴尬与伤感，享受了成长之后，我更喜欢现在的自己。

因为现在明事理多一点，现在比以前温润，慢慢找到了与世界和解的姿态。

以前老想人为什么活着。现在觉得活着就是活着呗，由年轻到衰老，自然而然。

小时候我是一个爱做梦的女孩，不知道别人是不是有类似的经历感受，大概梦幻的双鱼座女孩都这样，总之我很爱做白日梦，充满了对未来的幻想。成年后的生活，我就完全按照我的白日梦来的，一直跟着感觉走……

现在看来，做白日梦也没有什么不好，只要在做过之后，在现实生活中努力工作学习，白日梦也有实现的一天。

对于过往的人生，这不过是个剪辑，记忆会选择性地忘记，清除杂芜，才可以步履轻松，继续前行。谁都会遇到人生的黑洞，此时我坐在这里，跨过了人生不少黑洞之后，刚刚好。

想起一段话：“你的家乡，你的邻里，你的亲人，正是这些你无法选择的事物，才造就了你。”所以感谢我的母亲隆老师及亲人，感谢一路上帮助过我的老师和朋友们，谢谢你们，不离不弃。

刚毕业时，我忙着老成；现在，学着做年轻人。滑稽吧。

传统媒体渐渐衰落，在这个网红当道的世界，我不知道现在还有没有人有新闻理想。在这8.0时代，我都觉得谈十年前的事有点过时，那你们就将就看吧，好像还是有很多人生经验可以借鉴一下。

未来，放低自我，放到和虫子一样低，像蜗牛一样慢慢吞吞感悟世界，像蚂蚁一样齐心协力具有无限能量……成熟、隐忍、坚定、自持，坚强地寻找理想与现实的平衡，向未来投射新鲜的憧憬。

最初的梦想是否依然在胸腔跳跃？与朝霞、晨露一起，新鲜、朝气、氧气般地生活。愿初心不改，方得始终。

有人说，漫漫长路，能陪着走上一段的，都算是恩人，能谈笑风生走过一程的，都算是伟人。

感谢一路上陪伴并支持我的朋友们。

JIN

2017年4月20日于香港